U0025781

國王排名

前篇

小說改作：八奈川景晶
漫畫原作：十日草輔

輕文學

Light Literature

目次

序章．渺小的存在們

所謂的「國王排名」是——
是否有眾多知名騎士願意效忠？
是否擁有許多國民？國內城鎮是否富饒熱鬧？
最重要的是，國王本人是否如勇者般強大？
以上述的諸多條件為各國國王評分，最後出爐的結果，便是「國王排名」。

—．—．—．—．—．—．—．—．—．—．—．—

少年是跟國王最近、卻也最遠的存在。
雖然有著強壯又偉大的父親，少年的身材卻很矮小。
無法說話、雙耳失聰、又幾乎沒有半點力氣。

有人指著他這麼嘲笑──「這孩子怎麼可能勝任下一任國王呢？」

有人在看到他的模樣後，失望地垂下眼簾──「要是這孩子成為下一任國王，這個國家會變成什麼樣子呢？」

無人對少年的未來寄予半點期望。

不過，只有少年的母親不同。

因為被他人以異樣眼光看待，甚至淪為霸凌對象，少年時常傷心落淚。面對這樣的他，母親總會以巨大的手掌拍拍他的背，溫柔地這麼輕喃：

『不要緊。你是個堅強的孩子，所以能跨越許許多多令人不開心的事情。而且，你還得成為世上最偉大的國王才行喲。』

少年吃驚地抬起頭。想當然爾，他的耳朵聽不見母親這番話。

然而，就算無法聽見母親的聲音，她的眼神和微笑，足以將話語化為滿滿的心意，傳達到少年的內心深處。

『一言為定嘍……』

看著這麼說而伸出自己巨大小指的母親，少年伸出手，以自己瘦小的小指和她打勾勾。

一開始，這個國家不過是一個小小的村莊。

四處肆虐的魔物，讓村民們每天過著提心吊膽的生活，一刻都無法鬆懈下來。

這天，村民們再次試著合力抵抗魔物。

但他們寡不敵眾。為了保衛村莊而起身奮戰的男人們陸陸續續倒下，被魔物單方面蹂躪的地獄近在眼前。

就在這時，他出現了。

他是個巨人。別說是村民了，他的體型甚至遠遠凌駕於魔物之上。被他握在手中的棍棒，粗大到像是一整棵被砍下來的巨木，而他卻能輕鬆揮舞這樣的武器。

在村民們看傻眼的時候，巨人直接朝成群的魔物衝了過去。

他胡亂揮舞手中的棍棒，接二連三撂倒周遭的魔物。就算好幾個村民攜手合作也無法對付的魔物，就這樣被他輕而易舉地打飛。

不過，魔物們當然也不會只是乖乖挨打。牠們從四面八方撲向巨人，以尖牙和利爪刺穿、撕裂他的皮膚。

但這沒有讓巨人折服。儘管全身上下都在流血，他仍像一股暴風那樣繼續奮戰。

打敗一頭體型格外巨大的魔物後，他成了戰場上唯一的生還者。

在一旁屏息觀看這場激戰的村民們，一個接一個高聲歡呼起來。

他們徹底沉浸在得救的喜悅之中。

村民們相當感謝巨人。他是大家的救命恩人、也是這個村莊的恩人——眾人群起讚嘆、崇敬這名救世主。

面對村民們的祝福，巨人只是害羞地笑了笑。

這就是這個國家之始——伯斯王國就此誕生。

—・—・—・—・—・—・—・—・—・—・—・—

在伯斯王國的郊區，有個可疑的黑影蠢動著。

他看起來就是一片影子。這個在地面遊走的黑色輪廓，並沒有一定的外型。

有時圓、有時尖，時而扁平、時而高高隆起。

的。

雖然看起來不像生物，但生在黑影表面的兩隻大眼，證明了這片影子是具有生命的。

這個黑影名為卡克。

第一章．不被認同之人與無法見光之人

「今天的收入普普通通啊。」

我拖著一只大袋子前進。裡頭裝著從鎮上偷來的值錢物品。

「這裡是國王排名中第七名的國家……伯斯王國吧。我記得是由巨人族建立起來的國家。看起來還挺富庶的，我就暫時留在這個城鎮撈錢吧。」

走在城鎮郊區的我這麼想著。

不經意抬起視線時，我瞥見一個奇特的傢伙。

那個年幼的孩子獨自坐在老舊的城牆上方，然後往我這邊看。

身型相當矮小的他，身上穿著一襲看似價格不菲的服裝，感覺或許是哪個有錢人家的小少爺。

他的長相沒有值得一提的特徵，就算在鎮上擦身而過，我想必也不會注意到他。

正因如此，看到他獨自坐在這種偏僻荒涼的地方，我不禁有些在意。

「……你是哪根蔥啊？」

是來追捕我的人？不對，追兵不可能是這種孩子。不過，一個孩子獨自出現在這種人跡罕至的地方，實在很詭異。

「……啊，喂，站住！」

看到小男孩一語不發地離開，我隨即追了過去。我衝上城牆，繞到他的前方停下。

「我沒看過你啊……而且你頭上還戴著王冠。你是什麼人？」

我再次這麼問，但小男孩仍沒有回答。他甚至沒有和我對上視線，只是露出看似困擾的笑容。

這傢伙是怎麼搞的？即使目睹這副模樣的我，也沒有表現出害怕或排斥的反應。

「我在跟你說話耶，怎麼不理人啊？……算了，也罷。」

我從懷裡抽出小刀，在小男孩眼前晃了幾下。不管他是何方神聖都無所謂。只要是能讓我洗劫一番的目標，我就會下手。

「好啦，還想活命的話，就把身上的錢都掏出來！」

就算他鐵了心不想理我，一旦狀況變得攸關自己性命安危，可就是另外一回事了。

這樣一來，他應該多少會有所反應——嗯？

小男孩只是發出「啊～」或是「嗚～」的輕喃。雖然沒有繼續把我當空氣，但也不打算回應我的要求是嗎？

「給我好好說話！不是叫你把身上的錢掏出來了嗎！」

我再次出聲恐嚇，但小男孩依舊只是發出不帶任何意義的單音。

「……怎麼，你不會說話嗎？難不成連耳朵都聽不到？」

被我這麼一問，小男孩頓時羞紅了臉。

（那我要怎麼跟他溝通啊……）

在我一籌莫展的時候，小男孩以欲言又止的表情望向我——

「什麼？你說你身上沒錢？你可以從我嘴巴的動作判斷我在說什麼嗎？」

那傢伙朝我噘起嘴唇，然後點點頭。

接著又看似不解地歪過頭。

「你問我是不是能明白你想說的話？算是吧。雖然不知道為什麼，但我好像能理解……」

說起來，這是為什麼啊？

為什麼我能明白一個才剛遇見沒多久的孩子想表達的意思？

更何況，我根本沒跟他好好對話過。

但我卻——

「……這種事怎麼樣都沒差啦！」

糟啦，感覺會陷入很不妙的狀態。算了算了，別再想了。

比起搞不懂，能理解他想說什麼總是比較方便。就只是這樣罷了。

我不打算了解這傢伙更多，也不想跟他扯上關係。

他感覺能讓我大撈一筆，只是這麼一回事而已。

「既然沒錢，就把你身上穿的衣服全都脫下來！」

我舉起小刀這麼威脅。要是他不從，我就再靠近一點恐嚇——

嗚哇，這傢伙還真的開始脫衣服了，而且還是帶著笑容、沒有半點怨言地脫。

「很好，你很老實……」

我以表面上的平靜來掩飾內心的吃驚反應。呃，要他脫掉衣服的人確實是我沒錯啦。但就算這樣，一般人會乖乖照做嗎？

這傢伙真的讓人猜不透。可以的話，我不想跟他牽扯太多——不過，他是會對我言聽計從的有錢人，這麼做太可惜了，捨棄他是很可惜的一件事。

「這樣一來，身為窮人的我就能夠受惠。你是在做好事喔。」

看著小男孩接二連三脫下身上的華美衣裳，我試著稍微誇獎他，結果這傢伙竟然完全相信我的謊話，還露出一臉得意的表情。

「好，你明天也穿著昂貴的衣服過來這裡吧。聽好嘍，你可不能把這件事告訴任何人。」

即使我提出這種蠻不講理的要求，這傢伙也毫不猶豫地答應了。

喂喂喂，真的假的啊——意思是，你明天也很樂意讓我利用你嗎？

「……好了，你走吧。」

聽到我這麼說，身上只剩下一條內褲的小男孩大喊一聲，接著便意氣風發地轉身離開。

「竟然有這麼傻的小鬼啊……」

話說回來，不知道那傢伙叫什麼名字——明明在心中清楚將他劃分成「純粹讓我利用的孩子」，但不知不覺中，我卻開始在意起他。

——·——·——·——·——·——·——·——·——·——·——·——·——

「那傢伙沒來啊……」

隔天，我在相同時間造訪了昨天遇見小男孩的地方。

他果然覺得我很可怕，或是很詭異嗎？

還是說——

「那……那傢伙該不會打算陷害我……」

我的腦中閃過小男孩從山丘另一頭帶領眾多軍隊現身的光景。

不不不，他昨天的表現，壓根無法讓人聯想到這樣的行為啊。

他的性情不可能突然一百八十度改變——我想這麼相信。

「……喔，來了啊。」

我聽到那傢伙的聲音從遠處傳來。保險起見，我躲到一塊岩石後方，偷偷往人聲傳來的方向窺探。

出現在那裡的——是把一大堆衣服穿在身上、看起來變得又胖又矮的那個小男孩。

(是……是我多心了啊……)

我鬆了一口氣，在那傢伙的面前現身。

看到我之後，他帶著滿面笑容靠近。

明明接下來就要被我搶走身上的衣服，我實在不懂他為何一臉喜孜孜的。

「你在開心個什麼勁兒啊？」

面對我單純的疑問，小男孩以比手畫腳的方式回答。

「……能夠跟我對話，讓你覺得很開心？怎麼，這種事也能讓你開心啊？」

儘管我沒好氣地這麼說，那傢伙仍相當開心地點頭。

「啊！對喔，你是個耳朵聽不見的呆瓜嘛，所以沒人會理睬你啊。」

聽到我的調侃，那傢伙帶著笑容回應。

「你說『就是這樣，你真清楚呢』？……笨蛋！」

明明是在說他的事情，這傢伙卻一副無關痛癢的態度，讓我忍不住激動起來。

「我可是在取笑你啊！」

我故意當著他的面這麼說，但小男孩臉上依舊掛著笑容。

「真難應付耶……」

該怎麼說呢——我是第一次遇見這種類型的人。

在我露出五味雜陳的表情時，那傢伙又開始比手畫腳地和我溝通。

「你說你明天也會帶很多衣服過來，要我在這裡等……？」

這傢伙到底是怎麼回事？

不用我威脅，竟然就主動這麼提議——

「哼……哼！我才不聽別人的指揮呢。」

原本為這個出乎意料的請求愣了一下的我，趕緊裝模作樣地擺出一副自大的態度。

我幹嘛要為了這種小孩子手足無措啊。

（……話說回來……）

我還不知道這個有錢的超級爛好人叫什麼名字。

「你叫什麼名字？」

這麼問之後，小男孩支支吾吾地回應我。

「波吉是嗎？」

我隨意輕聲說出口的這句話，讓那傢伙——波吉露出了開心的笑容。明明身上的昂貴服裝被我洗劫一空，他的表情看起來卻像是收到了一份大禮物。

「……我叫做卡克。」

回過神來時，我也把自己的名字告訴他了。

我已經不記得上一次跟別人說自己的名字，是多久以前的事情。

為了好好念出我的名字，波吉使出渾身解數努力。看著這樣的他，讓我有些不自在。

「……別太勉強啦。」

所以我委婉地制止他。

「明天也拜託你嘍，波吉。」

我很清楚自己的要求一如往常地蠻橫又霸道。

但波吉還是用力朝我點了點頭，看起來絲毫不在意。

看著只穿一條內褲的他笑瞇瞇地離開的背影，我不自覺抬頭仰望天空。

「……我第一次遇見這種人呢。不過，反正那傢伙的衣服很值錢……就來這裡等他吧。」

——‧——‧——‧——‧——‧——‧——‧——‧——‧——‧——‧——‧——

隔天，那傢伙帶來了一如我的期望……不對，應該說是遠超過我的期望的土產。

不知道將多少件衣服穿上身的他，以圓滾滾到令人傻眼的模樣，搖搖晃晃地朝這裡走來。

這傢伙到底是怎麼搞的——我真的無法猜透他。

而且，你為什麼要露出這麼開心的表情啦。

我之後會把你的衣服全都搶走耶？我是在對你做不好的事情耶？

（……不行、不行。）

我以「我可是壞人啊」說服自己。

「怎麼……原來你是那座城堡裡的王子啊？」

搜刮完波吉帶來的衣服後，我自然而然地這麼和他聊起來。

可是，這就怪了。我聽說伯斯王國是巨人族的國家啊。

我不知道還有這麼迷你的巨人耶——不過，既然都已經在我的眼前現身，或許還是有這種特殊情況吧。

「所以你將來會成為國王嘍～」

因為他是王族，才會穿著那麼豪華的服裝啊。我終於恍然大悟。

「嗯？你說你要成為世上最強大的國王？」

看到波吉志得意滿地這麼表示，我不禁噗嗤一聲笑出來。

「啊哈哈哈！你怎麼可能成為什麼強大的國王啊！你耳朵聽不到，也不會說話耶！你真的是個傻子啊！」

這種傢伙不可能成為世上最厲害的國王。這好比是想摘下夜空中的星星那樣的天方夜譚。既然繼承了王族血脈，波吉確實有可能當上國王，但這樣一來，他絕對會變成國王排名上墊底的那個。

畢竟是王子，他想必是被身邊的人捧在掌心裡呵護至今吧。沒有半個人告訴他現實有多麼嚴苛。

這樣的孩子，要讓他明白什麼事做得到、什麼事做不到，或許很困難。不過——

「……怎……怎樣啦？」

原本哈哈大笑的我瞬間僵在原地。

因為波吉正以極其認真的表情望著我。

他凝視的不是我的嘴巴，而是雙眼。

成為世上最厲害的國王——那是對這句話深信不疑的眼神。

「就算這樣……你還是要成為世上最厲害的國王？」

回過神來的時候，我發現自己已經被波吉的氣勢給震懾住。

「……我知道了啦！你就當上國王，打造一個能讓大家遊手好閒混飯吃的世界吧！」

為了掩飾自己怯懦的反應，我虛張聲勢地這麼大喊。

隨後，波吉終於不再直直盯著我看。

「哈哈哈！我會耐心等待的。」

這一天真的會到來嗎——昨天之前的我，一定壓根不會相信這種事吧。

不過，今天的我又怎麼樣呢——

—·—·—·—·—·—·—·—·—·—·—·—

某天，我決定跟蹤波吉。

把身上的衣服全都脫下來，只穿著一條內褲的波吉獨自返回鎮上。我偷偷在後方尾隨這樣的他。

（嗚哇……這傢伙要光著身子，大剌剌從鎮上走回城裡嗎……嗯……雖然是我害的啦……）

尾隨波吉前進片刻後，前方出現了一條寬廣的道路。居民的嘲笑聲也跟著傳來。

每個人都在遠處眺望著波吉的身影，然後露出扭曲的笑容。

「唉唉……大家都在笑你喔。」

儘管如此，波吉仍帶著滿面笑容。他沒有看向這些居民的臉，只是筆直望著前方，大步大步地前進。

「那傢伙是什麼東西啊？」

「他是第一王子波吉啊。」

我聽到這樣的低聲交談。

「八成是在哪裡遇上強盜了吧。」

「但他笑得很開懷耶。」

「因為他是個傻子啊。而且耳朵聽不到、也不會說話。聽說他連兒童用的劍都揮不動呢，就是個廢柴王子。」

說得還真難聽耶。

「想到他會是下一任國王，我就覺得很不安。」

「不知道王子殿下在想些什麼……」

也是啦，這樣的憂慮是理所當然。任誰都會這麼想。

（不過，那傢伙不只是要成為國王，還打算成為世上最強大的國王呢……）

愈想愈覺得這是不可能的事情。

我甚至認為，讓某個成年人以「放棄這樣的理想吧」來勸導波吉，才是真正為他著想的作法。

雖然這麼認為，不過——為什麼呢？

目睹過波吉那堅定眼神的我，實在說不出這種話。

（……啊！糟糕，要跟丟了。）

我環顧四周，發現波吉從一群人裡頭逃出來的身影。

「如果不會說話，就說你不會說話啊！」

面對其他孩童毫不掩飾惡意的高聲吶喊，波吉帶著看似不在意的表情逃離現場。

（說什麼傻話啊……）

為那個孩子粗神經的發言嘆了一口氣後，我追上波吉的腳步。

尾隨波吉到最後，我們終於抵達了王城。

那是一座用石頭砌成的巨大城堡。從遠處看起來，就已經足夠巨大了，現在來到附近，讓人更為它壯觀的氣勢壓倒。

這裡四處都有衛兵鎮守。看到波吉泰然自若地從他們面前走過，我再次深深體會到這傢伙是一名王子的事實。

（原來這傢伙住在這種地方啊……我開始覺得有點火大了耶！）

雖然不是波吉的錯，但我就是莫名不爽。

為了避開衛兵們的視線，我以在陰影之間移動的方式繼續跟蹤波吉。

（是說……這些說他壞話的衛兵也太誇張了吧……）

看著這樣的波吉，每個衛兵都以他聽不到的——不對，是感覺被他聽到也無妨的音量，若無其事地道出貶低波吉的發言。

（身為當事人的他還是滿面笑容，真堅強啊……）

不過，之前被我當面恥笑「你竟然想成為世上最強大的國王？」時，他也沒有因此洩氣嘛。或許他的神經很粗吧。

（……喔，有人靠近了。）

保險起見，我選擇躲在跟波吉有一段距離的柱子陰影處。

「我有聽說過傳聞……不過，沒想到你真的光著身子走在街上呀……」

一個頭戴王冠、看起來很壞心眼的女人朝波吉逼近。她的胸部跟屁股都超大的。

她是波吉的母親嗎？但兩個人長得一點都不像呢。

不同於有著一頭黑髮的波吉，她的頭髮是金色的。而且這個女人看起來很嚴厲，跟感覺個性隨和的波吉完全相反。兩人的五官也不像。

（對喔，鎮上好像有人說過，現任國王和第二任王妃有生下第二個王子……）

我記得王妃叫做希琳。雖然忘了她生的小孩叫什麼名字，但應該不是波吉才對。

原來如此。所以她是波吉的繼母嘍。

（那麼，在王妃身邊的那些人就是……）

希琳身邊有好幾個男人守著。其中，有三個人散發出來的肅殺之氣格外強烈。

印象中，伯斯王國有被稱為四天王的四個菁英分子。

多瑪斯、阿庇司、貝賓、德魯西——我只有聽過他們的名字。那三個男人大概就是四天王裡頭的成員吧。

「這究竟是怎麼一回事，波吉王子？」

希琳這麼質問光著身子的波吉。

「我想，王子八成是遇上了強盜吧。」

「豈有讓一個國家的王子遇上強盜的道理！多瑪斯！」

希琳開口呼喚她身邊的其中一個男人，他有著一頭金色長髮和高壯的身軀。

原來如此。那傢伙就是多瑪斯啊。

「給我把那個強盜抓起來，我要判他死刑。」

「我明白了。」

聽到希琳殘虐的命令，多瑪斯仍順從地回應。

（喔～真恐怖！）

這種人只要上頭一聲令下，無論是多麼殘酷非人的任務，他都會確實執行吧。

「……怎麼，不是嗎？」

希琳狐疑地問道。仔細一看，波吉正在比手畫腳地跟她溝通。

「你說你只是一個人在玩耍？哪來這種讓自己脫個精光的遊戲呀！你這樣有損王室的威嚴，還會擾亂王國的紀律！要定罪的話，可是足以判死刑的重罪喲！」

（她一直罵個不停，吵死了……）

明明是繼母，幹嘛氣成這樣啊。既然不是自己的小孩，沒有這樣對他大發雷霆的必要吧。

這個老太婆為什麼對波吉特別嚴苛啊？

「這樣就很清楚了。這孩子沒有成為國王的資格！戴達比他更適合當國王一百倍。」

對了對了，我想起來了，第二王子的名字就是戴達。

既然有這樣的母親，那個叫做戴達的傢伙八成個性也很嚴厲吧。

「真是的，為什麼這孩子是第一王子、戴達是第二王子呢……真希望這方面也能以實力來決定……哎呀，那邊的衛兵！」

正打算離開現場的希琳，突然對附近的某個衛兵扯開嗓子吶喊。

「你的服裝不整齊！小心我判你死刑喲！」

「屬……屬下感到萬分抱歉！」

（這個歐斯底里的前凸後翹老太婆是怎樣啦……）

動不動就嚷嚷要判人死刑，這大概是她的口頭禪吧。

如果真是這樣，未免也太嚇人了。

「王子殿下，國王陛下在找您呢。請您趕快換套衣服去見他吧。」

多瑪斯這麼向波吉表示。

我決定繼續一路跟蹤波吉。

返回自己的房間裡後，波吉從衣櫃裡取出折得整整齊齊的衣服穿上。

躲在一旁觀察他的我，這時發現了一件事。

淚水——正不斷從他的雙眼溢出。

他以緊緊握拳的雙手抵著胸口，像是要扼殺內心湧現的感情那樣，默默地流著眼淚。

我是第一次見到這樣的波吉。

我所認識的波吉，臉上永遠帶著若無其事的表情，讓人猜不透他在想什麼。

除了我以外，其他看過他的人應該也都是這麼想的。

不會說話、耳朵也聽不見，是個只會傻笑的廢物王子——無論誰都會這麼想才對。

可是，這傢伙其實——

（他一直都在忍耐，只是表面上裝作不在意嗎……）

這傢伙也很辛苦啊——身為旁觀者的我不禁有些同情。

「……呃，咦？那傢伙跑哪兒去了？」

我反常地沉浸在感傷的情緒裡，結果不小心跟丟了波吉。

我離開房間，但已經不見他的身影。

（剛才多瑪斯要他去見國王……）

國王的房間，想必會在這座王城的最高處吧——正當我這麼想的時候。

一道光芒從我的眼前閃過。

「你是影之一族吧？被詛咒的暗殺一族……雖然我聽說你們已經滅絕了。」

從柱子後方現身的男人，伸手拔起在我眼前刺進地上的那把劍。

眼神邪惡、蓄著八字鬍的他，脖子上還纏繞著一條蛇。

（印象中，四天王裡有個使蛇人！我記得名字是……貝賓！）

「還是個孩子啊……你是受誰之託、又是來暗殺誰？要是不回答……」

「我才不會做出暗殺這種……」

下個瞬間，我的手傳來一陣尖銳的痛楚。他的劍刺穿了我的掌心。

「好痛啊啊啊啊！」

「以暗殺維生的影之一族，原本是隸屬於缽王國的暗殺集團。一旦宣誓效忠，就絕對不會背叛自己的君主……然而，這樣的你們卻在某天試圖殺害國王……族人也因此被誅殺殆盡。」

以平淡嗓音這麼開口的貝賓朝我逼近。即使我痛得哇哇大叫，他也完全不在意。

再這樣下去，我一定會被殺掉——

「喂，還不快從實……」

（看招！）

我迅速從口中吐出一把短刀，朝著那傢伙的臉射過去。

貝賓以掌心接下了我的短刀——不過，這麼做也讓他露出破綻。

我趁著他注意力分散的一剎那逃離現場。

—．—．—．—．—．—．—．—．—．—．—．—

我是影之一族的成員。

影之一族是宣誓效忠缽王國的暗殺集團。據說，他們會為了君主，不擇手段地執行暗殺任務。

據說——之所以用這樣的說法，是因為我自己不曾為缽王國效力過。

早在我懂事之前，除了我以外的影之一族就被趕盡殺絕了。

身為國王心腹的格斯蘭，以奸計將影之一族設計成叛徒，除了我以外的成員都遭到誅殺。

被國家派遣的追兵發現的那天，是媽媽帶著我一起逃命。

在同伴們陸陸續續被士兵殺死的狀況下，我們只能拚命逃跑。

然而，追兵的腳步愈來愈近，我們終究陷入了隨時都會被逮到的困境。

那時，媽媽這麼對我說。

『小克，你接下來必須一個人逃走。』

媽媽努力安撫不願這麼做的我。

『媽媽會把那些傢伙全都收拾掉。可是，要是你也在場，媽媽會因為擔心你而無法好好戰鬥，所以你先逃走吧！』

媽媽胸有成竹地這麼說，然後緊緊地抱住我。

她就這樣以溫柔的語氣，跟我輕聲叨念了一會兒。我們明明馬上就能再次會合了啊。

『好了，快走吧！』

被媽媽從後方推了一把的我衝了出去。使盡全力衝刺。

媽媽一定馬上就能跟上來。我一邊奔跑，一邊在內心這麼祈禱。

可是，媽媽沒有現身，取而代之的是軍隊的腳步聲。

士兵高舉的長茅前端——掛著媽媽的屍體。

在那之後，我僥倖逃過了缽王國的追捕。

輾轉來到一個連名字都不知道的國家後，年幼又孤單的我，根本沒有能力好好過活。

我會吃野草來填飽肚子，如果還是耐不住飢餓，就去偷東西。

沒有任何力量或後盾的我，只能依靠這樣的方式過活。

就在這時候，我遇見了神。

他把所有人都不屑一顧的我撿回家，給了我棲身之處。

他給我床、給我食物——而且願意好好看著我。

這讓我開心得不得了。

為了神，我努力幹活。非常非常努力。

我乖乖依照他的指示，闖進別人家裡偷竊，我偷了很多很多的東西。

我愈是努力偷東西，神看起來就愈開心。他還會誇獎我。

為了神，我願意做任何事。

影之一族會為需要自己的人，貢獻自己的一切——我想起媽媽以前對我說的這句話。看來真的是這樣呢。

能為了神而四處行竊，我覺得很幸福。

可是——有一天，神變得不一樣了。

雖然看起來還是平常那個神，但他卻突然粗魯地把我趕出家門。就算詢問理由，他也不肯告訴我。一頭霧水的我試著拚命向他道歉，他卻還是不願理睬我。

不過，我並沒有因此氣餒，還是持續追趕神的身影。

因為，我就只有他了。要是被神捨棄，我又會變成孤單一人。

總有一天，他會回心轉意，願意繼續陪在我身旁。我這麼祈禱。

然而——這樣的神卻死掉了。

他在酒館因為細故與人起爭執，結果被對方一刀捅進胸口。

我在一旁拚命呼喚他，但神已經看不見我了。

我再次變回孤伶伶的狀態。

沒有媽媽，沒有半個會在意我的人。

對我來說等同於神的唯一一人——也已經不在了。

我所剩下的，就只有跟媽媽之間的回憶，以及偷竊的技巧。

所以，我繼續行竊。儘管這麼做不會被任何人誇獎、不會讓任何人開心，但這是

我唯一會做的事情，所以我繼續做。

—·—·—·—·—·—·—·—·—·—·—·—·—

「真是的，跟蹤波吉到這裡，卻讓自己吃了苦頭啊……」

勉強從貝賓手中逃出來的我，一動也不動地躲在陰影處避風頭。

在白天時段出城太危險了。到了夜晚，我比較能融入黑暗之中行動。

「等到晚上，就趕快離開這種危險的……」

「喂，你聽說了嗎？」

附近衛兵的交談聲傳來。

「波吉殿下跟戴達殿下好像要比試一場呢。我們去瞧瞧吧。」

（那傢伙……要跟人比試……？）

體型那麼矮小的他？連兒童用劍都揮不動的他？

我不覺得波吉會主動想跟人一分高下，不知道是有什麼樣的原因？

（這麼說來，剛剛好像有人說這個國家的國王死期已近了呢……）

我回想起在逃跑時聽見的對話。

（在這種情況下，讓波吉跟戴達對決……難道這是用來決定下一任國王的比試嗎？）

猶豫片刻後，我也決定去觀戰。

不過，與其說想看這兩人對決，我更想了解波吉會以什麼樣的方式應戰。

（地點……是往這邊走嗎？）

我順著士兵們前進的方向，在陰影處之間移動。

「怎麼吵吵鬧鬧的呀，發生什麼事了？」

（喔……）

途中，經過某個房間時，我聽到希琳的聲音從裡頭傳來。我似乎是碰巧來到這傢伙的房間外頭。

「兄弟吵架？真是愚蠢……」

她嘆著氣這麼說。

（兄弟吵架？他們不是要比試一場？）

這讓我完全摸不著頭緒。

（唉，算了。）

比起在這裡東想西想，親眼見識一下比較快。我從希琳的房間外頭離開。

那兩人比試的地點在中庭，周遭已經聚集了不少前來看熱鬧的士兵。

在這些從遠處觀戰的士兵包圍下，波吉和其他兩人站在中庭正中央。

（其中一人是多瑪斯，另外一個……就是波吉的弟弟戴達了吧。）

他的個子比波吉高出一大截。光看外表的話，戴達還比較像哥哥。

他的五官跟希琳很像，尖尖的鼻子、看起來很嚴厲的雙眼——原來如此，他們確實是母子呢。

他所持的那把木刀，也比波吉握在手中的長。

從高處俯瞰波吉的戴達，臉上是滿滿的自信和遊刃有餘，看起來壓根不覺得自己會輸的樣子。

「喂，你覺得誰會打贏？」

「你在說什麼啊，霍庫洛。」

附近兩名士兵的對話傳入我的耳中。

「戴達殿下之前可是打倒了第一隊的博亨隊長耶。」

「也是呢……不過，那時候……」

被喚作霍庫洛的那個傢伙皺起眉頭。

「怎樣啦？」

「那個……我打個比方喔。要是被大量的毒蛇包圍，你有自信可以安全脫困嗎？」

「啥～？」

聽到霍庫洛的提問，另一名士兵露出疑惑的表情。

「不可能吧。只要被咬一口，就會因為中毒而無法動彈。就算順利殺掉一兩條蛇，也會被剩下的毒蛇咬死。如果是像伯斯陛下那麼強大的人物，或許還另當別論。」

「說得……也是，可是啊，如果……如果波吉殿下能平安無事地逃離這些蛇群，你會怎麼想？」

「什麼怎麼想……這種事不可能發生吧。」

（嗯，不可能發生呢。）

只要一被毒蛇咬到，就沒戲唱了。別說大量的毒蛇，光是一條就足矣。

明明可以輕鬆預料到結果，這個叫做霍庫洛的傢伙為什麼要說些莫名其妙的話啊？

（他是想說波吉能打贏戴達嗎？這怎麼可能啊……）

波吉能打贏戴達的要素完全不存在。用木刀對決的話，手無縛雞之力的波吉不可能打倒戴達。別說是打敗對方了，他還可能被一刀打飛。

不對，憑波吉的力量，他甚至連一擊都承受不了吧。

（在這種情況下，要說波吉有勝算的話……）

他只能一味閃躲戴達的攻擊了吧。只要被打到一下，一切就結束了。

一直、一直、一直持續迴避攻擊，把握戴達露出破綻的時機，再出手攻擊。

不過，也不知道他的這一擊，是否能對戴達造成傷害就是了——

（嗯？閃躲？持續迴避來自四面八方的攻擊？）

就算被大量的毒蛇包圍，也能平安無事脫困——霍庫洛剛才的發言在我腦中閃過。

（難不成……那傢伙知道些什麼？）

我突然對這場比試產生興趣了。雖然知道很危險，我還是試著靠近波吉等人。

為了不被發現，我小心翼翼地在陰影之間移動，沒多久就來到了能清楚窺見波吉三人的位置。

「喂，別太靠近。在一旁觀戰無妨，但可別打擾到兩名殿下比試。」

人在附近的多瑪斯這麼叮囑來看熱鬧的士兵們。

（這傢伙是這場比試的裁判嗎？波吉明明沒有任何勝算啊……難道他跟那個叫霍

庫洛的傢伙一樣，知道什麼祕密嗎？）

「多瑪斯大人，這麼做真的好嗎？」

一名年輕士兵不安地開口問道。

「波吉殿下恐怕會被戴達殿下單方面暴打……」

「別多嘴，這可是戴達殿下和波吉殿下的決定。」

斬釘截鐵地這麼訓斥後，多瑪斯轉身朝我所在的地方靠近。

我躲在陰影處盯著他的一舉一動。

（這傢伙在想什麼啊……）

他會希望波吉幸運取勝嗎？還是理所當然地認為戴達會打贏？

我完全搞不懂這傢伙的心是向著誰。

「……戴達殿下的劍，才是有王者之風的劍。」

我聽到多瑪斯這麼自言自語。

「我很明白波吉殿下不可能打贏。儘管如此，我還是不能阻止這兩人比試。這也是為了波吉殿下好……」

這麼叨念後，多瑪斯便走回中庭。

「是為了波吉好……？」

明知道波吉會輸，還讓他跟戴達對決，是為了他好？

意思是，讓波吉打輸，才是為他著想的作法嗎？

意思是，有些東西是要在落敗之後，才能夠得到嗎？

（……不行。）

我果然還是猜不透這傢伙的想法——我決定放棄思考這個問題。

又過了一會兒，多瑪斯這麼向在中庭對立的波吉和戴達開口。

「我在此宣布，兩位王子的比試正式開始。兩位應該都準備就緒了吧……開始！」

「王兄，我可不會手下留情喔。」

戴達舉起木刀，猛地朝波吉揮下。

這記毫不留情的攻擊劈向波吉的腦袋——

「他……他避開了？」

我忍不住叫出聲，接著才慌慌張張躲進陰影處。

在木刀擊中自己的前一刻，波吉迅速躲開。

而且不止一次，兩次、三次，他不斷成功地迴避戴達的攻擊。
最後，波吉手中的木刀咚一聲輕輕敲中戴達的頭。
儘管幾乎無法造成半點傷害，但在場所有人都很清楚，這是代表波吉勝利的一記攻擊。
「這不是巧合……這不是巧合呢，波吉……你挺有兩下子的嘛，波吉！」
我忍不住開心起來。
「喝啊啊啊！」
戴達大喝一聲，脹紅著臉再次朝波吉襲來。
他對著波吉兩次、三次使出全神貫注的一擊。
但波吉避開了所有的攻擊，他總是能在千鈞一髮之際驚險迴避。
然後再乘隙以自己的木刀攻擊戴達。
雖然每一記攻擊都輕微得讓人不痛不癢，但波吉無疑已經將戴達逼入劣勢。
「對啊，波吉！你懂得怎麼讀唇語……你的觀察力和判斷力都不容小覷呢！」
相信波吉的我，果然是正確的。
波吉會成為一名強大的國王。

開始對這點深信不疑的瞬間——我聽到這樣的交談聲。

「總覺得……波吉殿下的戰鬥方式好骯髒啊。」

有一名士兵這麼輕聲開口。

「該怎麼說……很卑鄙呢。」

「如果這就是他認真的戰鬥方式，感覺很令人毛骨悚然耶……」

「徹底迴避對方每一記攻擊，再乘隙出手，感覺像在玩弄人一樣……這就是他的劍技嗎？」

「這麼說或許對不起波吉殿下，但我比較想替戴達殿下加油呢。」

鄙視波吉的發言陸陸續續傳入我的耳中。

聽到這些自以為是的看法，我不禁感到無言。

你說他卑鄙？喂喂喂，兩個王子之間有那樣的體格差異，波吉要贏的話，也只能靠這種方式了吧。

想獲勝的話，這是理所當然的戰鬥方式。

（真要說卑鄙的話，讓戴達跟波吉兩人對決這件事，才是最卑鄙的吧。）

大家都很清楚，波吉的臂力和體力壓倒性地不如戴達。

不管誰來看，這都是一場戴達註定會獲勝的對決。

舉辦這樣的比試，不就是很卑鄙的一件事嗎？

不談戴達卑鄙的行為，只是百般挑剔波吉摸索出來的唯一致勝法——真虧這些人有臉說出「波吉很卑鄙」這種話。

你別在意喔，波吉。不需要在意。你維持這樣就可以了。

「很好喔，波吉！很好！」

我忘了自己現在是躲起來的狀態，出聲為波吉打氣。

如果在這裡的每個人都要說波吉的壞話，那我就要送上比這些壞話更強大好幾倍的聲援。

「……再這樣下去不行。」

就在這時候——原本在一旁觀看比試進行的多瑪斯，突然宣布比賽暫停，然後朝波吉走近。

他比手畫腳地跟波吉溝通——下一刻，後者臉上的表情僵住了。

「什麼……他怎麼啦……？」

在我為了波吉的驟變感到困惑時，比試再次開始了。

面對戴達朝自己揮下的木刀，波吉他——沒能避開。

「為……為什麼啊，波吉……」

波吉試著以自己的木刀承受戴達這一擊。

然而，他不可能做得到，畢竟他的臂力遠遠不如戴達。

戴達的木刀就這樣直接命中波吉的額頭。

一個讓人非常——非常討厭的聲響傳來。

「波吉……波吉！」

為什麼啊？你幹嘛要這麼做啊？

像剛才那樣避開攻擊不就好了嗎？這樣你就能贏了啊。

不管誰怎麼找碴，你都會贏啊。

但你卻——

（為什麼……為什麼啊！）

發現形勢逆轉的戴達完全沒有手下留情。

他像是要發洩先前的怨氣那樣，一股腦地痛打波吉。

「住……住手啊啊！」

我朝波吉撲了過去。

我完全沒有考慮到自己會被發現的問題。

在我胸口浮現的——或許是純粹的恐懼吧。

就像媽媽被殺掉時那樣，像我的神死去時那樣。

要是波吉不在了，我又會變回孤獨一人——這讓我好害怕、好害怕，害怕到整個人都坐立不安。

（你可是要成為世上最偉大的國王耶，怎麼能在這種地方被打倒呢！）

我卯足全力衝向波吉。

但戴達並沒有停止攻擊。

他俯瞰著遍體鱗傷、幾近昏厥的波吉，用力揮下手中高舉的木刀——

下一瞬間，某個東西飛了過來，刺進波吉和戴達之間的地面。是一根巨大的棍棒。

戴達也因此停下動作。

「到此為止！戴達殿下獲勝！」

多瑪斯出面結束了這場比試。聽到他這麼宣布，戴達放下高舉的木刀，露出一臉無趣的表情。

「啊啊……波吉……」

士兵們慌慌張張地扛起波吉，帶他去接受醫生的診療。

我茫然盯著變得一動也不動的波吉，之後才猛然回神，追上那些扛走他的士兵的腳步。

途中，我聽到了多瑪斯和霍庫洛的對話。

「多瑪斯大人。剛才中止比試的時候，您和波吉殿下說了什麼？」

「……我跟他說，這樣的劍法不是王者之劍，要他堂堂正正迎戰。」

（王者之劍？堂堂正正迎戰？什麼跟什麼啊！）

強迫波吉這麼做的話——等於是要求他輸掉這場比試嘛。

什麼為了波吉好啊？這傢伙真是太過分了。

可不能把波吉交給這種人。

就由我——由我來守護波吉吧。

—·—·—·—·—·—·—·—·—·—·—·—·—

接受醫生的治療後，全身纏上繃帶的波吉躺在某個房間的床上休養。他一直沉睡著，已經好幾個小時沒有醒來。

我躲在他的床底下，那個叫多瑪斯的傢伙則是待在床邊。

為了不讓多瑪斯再次對波吉下手，我一直監視著他。

要是他打算再做出什麼傷害波吉的行為，我會使出渾身解數把他趕跑。

不過，多瑪斯只是沉著一張臉，靜靜盯著躺在床上的波吉，沒有任何動作。

「無論再怎麼擅長迴避他人的攻擊，連一把短劍都舉不起來的這位大人，是不可能打倒敵人的……實在是太可憐了。他出生在註定無法變強的星星之下啊。」

我聽到多瑪斯這麼自言自語。

（這傢伙……他所謂的王者之劍，就是這麼一回事嗎？）

國王必須守護自己的人民。在人民陷入危機時，他必須替他們擊退敵人。

多瑪斯是想說波吉做不到這一點。

只能持續迴避攻擊的波吉，就算能以這樣的做法保護自己，也無法保護其他人。

所以，他才會說那樣的應戰方式不是王者之劍。

（或許……是這樣沒錯啦，可是……）

儘管明白了多瑪斯真正的想法，但我還是無法認同。

波吉會變成這種遍體鱗傷的模樣，無疑就是他造成的。

根據我的經驗，這傢伙完全不值得信賴。

我一直惡狠狠瞪著這樣的多瑪斯，直到他離開房間為止。

又過了一會兒之後，波吉清醒了。

我正要向他搭話時，波吉卻早一步從床上爬下來。

（喂喂喂，你要去哪裡啊。你得躺著靜養才行吧……）

在我的注視下，波吉從地上一路爬到牆邊，拿起掛在牆上的一把劍。

那把劍對波吉來說太大了。就算他現在沒有受傷，恐怕也很難把它拿起來揮舞吧。

儘管如此——儘管波吉本人對此也心知肚明。

他仍試著努力揮動那把劍。

緊緊咬牙、雙臂止不住顫抖、流著眼淚、發出嗚咽聲的他——仍試著努力揮動手中的王者之劍。

（輸給戴達，想必讓你很不甘心吧……波吉……）

不過，最令他不甘心的——恐怕是自己沒能以「王者之劍」應戰一事。

波吉自責的模樣，實在讓我不忍繼續看下去。我撿起一枚落在地上的硬幣，然後朝他扔過去。

被硬幣打到頭之後，波吉朝我在的方向轉過頭來。

在下個瞬間變得滿臉通紅的他，慌慌張張地用兩隻手遮住臉、拭去淚水，裝出一副若無其事的模樣。

「你用不著覺得丟臉！我看了剛才的比試，你很帥氣呢！那應該是你贏了才對。你可以引以為傲喔。」

聽到我這麼說的波吉愣愣地張大嘴。

「不管別人怎麼說，我覺得你可以堅持那樣的戰鬥方式喔。」

原本愣在原地的波吉開始雙眼泛淚。

（糟糕——我原本是打算鼓勵他的，反而讓他想起不愉快的回憶了嗎？）

在我思考該如何打圓場時，波吉捧起一個放在房間一角的木箱，將它拿到我的面前打開。

木箱裡頭——塞滿一堆莫名其妙的東西。

仔細一看，這個木箱上頭刻著「波吉的寶物」幾個字。

（這傢伙……）

他打算把自己的寶物送給我——明白了這一點的我搖搖頭。

「不，我不會再跟你拿什麼東西了。」

聽到我這麼說，波吉再次愣愣地張開嘴。

我直直盯著他的臉，然後這麼說：

「突然說這種話，可能會讓你覺得很困惑，不過……之後，無論發生什麼事，我都想站在你這一邊……我是認真的喔，波吉。」

波吉仍是一臉愣住的表情。

看起來，他理智上已經理解我的說法，但感情上一時還無法消化。

不過，我這句話似乎感動了他。

比剛才更大量的淚水從波吉的雙眼溢出。

臉上掛著斗大淚珠的他，對我展露了笑容。

——・——・——・——・——・——・——・——・——・——・——・——

再次爬回床上後，波吉便失去意識。剛才那樣爬起身，八成就耗盡他所有的力氣了吧。他像是昏迷那樣沉沉睡去。

（要是我那句話能讓他放下心來……嗯，來這趟也算值得了。）

回過神來的時候，我發現自己已經在這個房裡待上很長一段時間。外頭想必已經天黑了吧。

「再見嘍，我明天也會來探望你……嗯？」

這麼和波吉道別時，我聽到一陣喀喀喀的腳步聲靠近。

腳步聲愈來愈清晰，最後，有人打開了房門。

出現在門外的人——是希琳。

（這傢伙……）

最瞧不起波吉、只覺得他是戴達的絆腳石的女人。

比任何人都不肯認同波吉的女人。

然而——這樣的希琳開始做出奇特的舉動。

她摘下王冠，鬆開禮服上衣的鈕釦，在一次深呼吸過後開始對波吉說話。

「波吉……你不適合當國王。去一個悠閒平靜的地方，過著被花草樹木包圍的生活，會更適合你。這樣一來……你也不至於遇上這種事了……」

說著，希琳將雙手伸向波吉。

（她果然打算傷害波吉嗎！要是她對波吉做了什麼，我可要揍她一頓！）

正當我想從床底下衝出去時，希琳開始對自己的全身使力，像是要鼓起幹勁做什麼一樣。

接著，她的雙手開始發光。散發出來的光芒灑落在波吉身上，下一刻——

（怎麼回事？腫……腫包消下去了！）

因為被戴達痛毆，而變得滿是紅腫淤青的那張臉，慢慢恢復成原來的模樣。

（那是……治癒魔法嗎？）

「呼～呼～哈～哈～吁～吁～」

儘管像是累壞了那樣大口喘氣，希琳仍反覆以雙手施放光芒，替波吉治療傷勢。

就算累得全身癱軟無力，她仍為了波吉持續施展魔法。

我打從心裡感到吃驚。

我原本以為希琳是個把波吉當傻子看待、一口咬定他無法成為國王的女人。

我原本以為她是個一心想讓自己的兒子當上國王，因此刻意把波吉排除在外的女人。

但現在，在我面前的這個希琳，看起來簡直——

（像個拚上老命拯救自己孩子的母親啊……）

這傢伙是怎樣啊？這是怎麼一回事啊？

妳不是波吉的敵人嗎？為什麼要為了他做到這種地步啊？

（難道妳……其實比任何人都更替波吉著想嗎……？）

之前會那樣大聲斥責波吉，是因為她太擔心他了嗎？

之所以想讓戴達當上國王，也是因為害怕波吉會被國王的重責大任壓垮嗎？

（這傢伙……根據我的經驗，她是個超級大好人呢。）

既然希琳會替波吉療傷，那我也沒必要繼續待在這裡了。

我悄悄離開房間。

「嘿嘿嘿……今晚的月色真不錯啊。」

太陽下山後，城裡變得十分安靜。我偷偷摸摸地準備溜出去。

感覺今晚可以做個不錯的夢啊——就在我這麼想的時候。

一個人影降落在我的眼前。

「沒想到你還在城裡逗留啊……早點逃出去不就好了嗎？」

是我不想再遇到第二次的人——貝賓。

「糟啦！」

因為現在是夜晚，我就掉以輕心了！

快點！得趕快躲到月光照不到的地方——

「！」

想躲進樹蔭裡的我猛地停下腳步。那裡有幾十隻蠕動的毒蛇張開大嘴嚇阻我。

（可惡……！）

我試圖往另一個方向逃跑，但隨即有好幾把短刀刺進地面，阻擋我的去路。

被毒蛇包圍、又被短刀困住的我，現在無路可逃。

以舌頭舔唇的貝賓朝我走近。

而我——完全逃不了。

中場休息．魔神之國

在卡克消失蹤影之後，過了幾天，伯斯王進入了彌留狀態。

除了波吉、戴達、希琳這些家人以外，伯斯王的心腹也一起被召集到他的臥室，聆聽他親筆寫下的遺詔。

「王位繼承人……是波吉王子。」

聽到這句話時，國王心腹們內心最初湧現的——是安心感。

關於波吉王子在各方面都不如戴達王子的事實，這些人再清楚不過。

不過，對他們來說，最重要的是「這是伯斯王決定的人選」。

憑藉一己之力打造出王國、在國王排名中高居第七名的偉大國王。對於崇敬他的人們來說，國王的遺詔，便是不容質疑的明燈。

既然是伯斯王決定的人選，就沒有問題——他們如此深信著。

片刻後，聽到自己的遺言被宣讀完畢，伯斯王靜靜嚥下了最後一口氣。

同一時間，陣陣漆黑煙霧從他的遺體竄出。

此刻，在場所有人腦中都閃過關於「魔神」的傳說。

在英雄死去之時，魔神也會跟著現身——現在，他們明白相同的事情正發生在伯斯王身上。

黑煙散去後，有著異樣外貌的怪物從中現身。

它的體型巨大到跟身為巨人族的伯斯王不分軒輊，尖銳的獠牙從一張血盆大口中探出。

讓目睹它的人全都震懾、恐懼不已的魔神就在這裡。

魔神骨碌碌地轉動眼珠子，先是將伯斯王的心腹審視過一遍，最後目光停留在波吉身上。

它像是對波吉深感興趣那樣直直盯著他——然後笑了起來——那是低沉、沙啞、宛如地層震動的笑聲。

笑了幾聲之後，魔神心滿意足似地消失了身影。就像散去的煙霧那樣，沒有留下任何蹤跡。

在場者全都愣在原地，無法做出任何反應。

—•—•—•—•—•—•—•—•—•—•—•—

城裡的眾人開始準備為伯斯王舉行國葬。

然而，有個人怎麼都無法接受國王的遺詔。

他就是波吉的弟弟戴達。

深受人民信賴的他，理應是所有人都認同的下一任國王適任者才對。戴達也對父王會選擇自己一事深信不疑。

但父王的遺詔卻讓這一切翻盤。

「魔鏡！」

返回自己的房間後，戴達隨即對掛在牆上的一面鏡子發出怒吼。

出現在鏡裡的是戴達的身影。然而，鏡中的他卻有著冰冷無比的表情。

「歡迎回來，戴達殿下。」

鏡中的戴達這麼開口。那不是怒不可抑的戴達的聲音，而是個陌生的女聲。

「王兄他！王兄他被指定為王位繼承人了！」

「不，國王是您才對，戴達殿下。」

「可……可是……」

像是在玩味戴達本人狼狽的反應那樣，鏡中的戴達露出妖冶的笑容。

「不要緊的。之後，向國民宣布下一任國王時，被念出來的必定是您的名字。」

「真的會如此嗎……」

面對戴達一臉難以置信的表情，另一個他從容地這麼回應。

「一切都會如同我的安排發展。」

—•—•—•—•—•—•—•—•—•—•—•—

「我打算推翻國王的遺詔。」

話才剛說完，王妃希琳便將伯斯王的遺詔撕成碎片。

包括四天王在內的先王心腹，在場者無一不驚呼連連。身為王妃的希琳，竟然主張漠視丈夫的遺言。眾人會做出這樣的反應，也是理所當然。

「王妃殿下！那是國王的遺詔啊！」

「您反對讓波吉殿下即位嗎？」

面對先王心腹的群起抗議，希琳這麼怒斥。

「你認為波吉有能力擔任國王嗎！」

無人能夠反駁她這句話。

波吉是伯斯王指定的繼承人——他們確實因為這樣而放下心來。

他們只是逃避去思考讓波吉即位可能帶來的不安和風險罷了。

「不過，這可是伯斯王的遺詔。」

「看到那種怪物之後，我怎麼可能遵從這樣的安排呀！」

想起從伯斯王的遺體孕育出來的那個魔神，希琳的嗓音便止不住顫抖。

那真的是伯斯王本人的遺詔嗎？

會不會是那頭怪物附身在伯斯王身上，扭曲了他的意志？

會這樣疑神疑鬼，恐怕也是很正常的反應。

判斷沒有人會繼續反駁後，希琳這麼開口。
「就由在場者來表決，以公平公正的方式選出新任國王吧。」
聽到希琳的提議，先王心腹們沉默了片刻，但最後還是點頭表示同意。
「那麼，認為波吉適合下一任國王的人？」
在場者只有兩人表示贊同。四天王之一的「國王之槍」阿庇司，以及另一個人。
而其餘的四天王——包含貝賓、德魯西在內及大多數人都不贊同，也就是表態支持戴達成為下一任國王。
就連身為波吉的劍術指導、最應該支持他的多瑪斯，都贊成由戴達即位。
「結果出爐了呢。」
「新國王就決定是戴達了！」
希琳看似終於放心地吐出一口氣，然後當著眾人的面這麼宣布——

—・—・—・—・—・—・—・—・—・—・—

「新國王……是戴達殿下！」

在宣布新國王人選的日子，聽到這樣的結果，國民們發出震耳欲聾的歡呼聲。祝賀、讚頌戴達的聲音，以及為此感到狂喜的聲音，淹沒了整個國家。

所以——波吉瞬間明白這片祝福的浪潮並不屬於自己。

不需要誰來告訴他。就算耳朵聽不見，他也能明白。

波吉錯愕地環顧四周。

沒有人願意跟他對上視線。也因此，他明白了。

明白在場的所有人都捨棄了自己。

波吉逃走了，頭也不回地逃離了現場。

他離開舉辦即位典禮的場地、離開王城，一路奔向沒有半個人的廢墟。

然後嚎啕大哭。

從內心湧現的不甘、悲傷和空虛——他像是要將這些情感全數宣洩出來那樣嚎啕大哭。淚水彷彿永遠不會乾涸那樣持續溢出。

「啊～呃！啊～呃！」

他不斷呼喊這個世上唯一願意站在自己這邊的友人之名。

第二章．卡克所見的光芒

「嗚嗚……好……好痛喔……」

我被關在一處昏暗的地牢裡頭。

因無法逃離貝賓和他的毒蛇包圍網而被抓住的我，被他用鉤子勾住身體吊在半空中，完全無法動彈。

（要是繼續待在這裡，我一定會被殺掉……）

貝賓還想從我這裡打聽出什麼情報，所以才會繼續讓我活命。

要是明白我真的什麼都不知道、也沒有任何企圖的話，他一定會把我解決掉。

我很清楚，他不是會說一句「抱歉，我錯怪你了」然後就還我自由的人。

「那個混蛋……可別太小看我了！」

我從嘴裡吐出一把剪刀，將刀尖對準自己的身體。

我將刀刃貼上被勾子貫穿的部分，努力讓微微顫抖的手鎮定下來——然後使力。

喀嚓——這個瞬間，一股劇痛在全身蔓延開來。

灼熱和冰冷的感覺同時將我淹沒。我憑著毅力，將自己從眼前發黑的狀態拉回來。

「呼……呼……總之，快逃吧……」

順利擺脫鉤子的我朝出口移動。我記得貝賓把我帶來這裡的路線，所以只要折返回去就好。

總之，得趕快……趕快出去——

「竟然剪開自己的身體來脫困，你還真有骨氣啊～」

我聽見了現在最不想聽見的聲音。

大量毒蛇從天花板掉下來，阻擋了我的去路。

（貝賓……）

「不過……這樣我會很傷腦筋啊。」

貝賓在陰影處倚著牆這麼開口。

他的嘴角揚起扭曲的笑容。

「你是受誰之託，又是來這裡暗殺誰？要是不回答，我這次真的會……」

說著，貝賓朝我走近。

因為劇痛而無法好好應戰的我，只能默默被他逼到牆角。

（憑我現在的狀況，絕對沒辦法逃出去……）

無法戰鬥、也無法逃跑。

不過，就算回答「我不打算殺任何人」，這傢伙八成也不會相信吧。

為了君主，無論是什麼樣的暗殺任務，都會使命必達——這就是影之一族廣為人知的生存之道。所以，我的「不會殺任何人」完全沒有說服力。

既然這樣——就只能用我來到這裡的理由孤注一擲了。

「我……才不會暗殺誰呢！我只是……我只是……」

將這樣的心意傳達給他吧——我在內心這麼祈禱，然後吶喊。

「我只是想成為波吉的助力而已！」

聽到這句話的瞬間，貝賓停下腳步。

他收起先前的奸邪笑容，取而代之的，是試圖從上方看穿我的犀利眼神。

「……你說波吉殿下？」

貝賓臉上浮現些許疑惑的神色。他放下原本刻意亮出來的尖刀，靜靜地觀察我的態度。

他看起來似乎不打算不分青紅皂白地攻擊我。

「繼續說。」

貝賓簡短地開口。

看來，我下這個賭注是正確的。

「我……」

我向他坦承自己執著於波吉的理由。

被汙衊成叛國賊的媽媽遭到殺害的過往。

陷入絕望時，被神一般的男人撿回家，和他合力行竊的過往。

儘管是在做壞事，但感覺自己被需要，仍讓我很開心。

而現在，我遇見了同樣需要我的波吉。

所以，我發誓要為了他，努力做自己所能夠做到的事。

「……這就是我的理由。」

我對貝賓全盤托出一切，我將自己所相信的全都告訴了他。

聽完我的說法，貝賓沉默了片刻。

他一語不發地直直盯著我瞧。

為了證明自己的每一句話都是發自真心，我也一直回望他的雙眼。

就這樣過了幾分鐘。

「……好吧。」

貝賓重重地吐了一口氣。

「我就相信你這番話沒有半點虛假。」

他神情嚴肅地這麼說。

不同於想殺了我那時的表情，一臉認真的貝賓就在我眼前。

「……有人想取波吉殿下的性命。」

他突然道出這樣一句話。

我一時之間沒能理解他的意思。但在腦袋跟上之後，我隨即為這突如其來的情報感到一團混亂。

「為……為什麼啊！對喔！是因為伯斯王死了，然後下一任國王是波吉的關係嗎？這樣的話，看波吉不順眼的傢伙就會……」

要是有人想取波吉性命，這恐怕是唯一的原因。

然而，貝賓搖了搖頭。

「不，波吉殿下沒能成為下一任國王。」

「他……沒能成為國王啊……」

這個消息讓我胸口隱隱作痛。

原本幹勁十足地想成為國王的波吉，因為無法如願而悲傷消沉的模樣，此刻浮現在我的腦海裡。

「可是，既然沒當上國王，怎麼還有人想取他性命……」

「我無法告訴你詳情，現在還不行。」

「現……現在還不行……？」

「所以，我才想確認你的決心。」

貝賓指示原本負責監視我的毒蛇群退下，然後走到我的跟前單膝跪地。

「這個國家現在被捲入一個巨大的陰謀之中。所以，我現在命令你守護波吉殿下的性命；不過，必須在不被任何人發現的狀況下進行。」

「要我……守護波吉……」

這句話讓我莫名有股懷念的感覺。

「做法由你決定。你是影之一族，想必很熟悉藏身之道。這是個相當適合你的任務。」

說完，貝賓起身背對我。

「我會把地牢的衛兵帶開。過了一會兒之後，你就離開這裡。聽好了，你可別忘記，得在不被任何人、包括波吉殿下本人發現的狀態下保護他。我會編個藉口，跟波吉殿下交代你失蹤的理由。」

隨後，貝賓便走出地牢。

獨自被留下來的我，開始深入思考他所說的這番話。

那傢伙的說詞都太片段了，讓我完全摸不清狀況。他的說明實在不夠充分。在這種情況下，竟然還把守護波吉的重責大任交給我，真的很不可思議。

他該不會在暗中盤算些什麼吧——我甚至開始懷疑貝賓所說的這些都是謊話。

我忍不住開始揣測，或許根本沒有人想取波吉性命，一切都只是他為了設計陷害我的作戰。

可是——他剛才的眼神是認真的，那雙眼睛之中應該不存在謊言。

「由我來……守護波吉……」

自己將這句話複述一次後，那股懷念的感覺再度油然而生。

這是為什麼呢？至今，我沒有守護過任何人啊。

我能做的明明就只有偷竊而已。

「……原來如此。」

我明白這股懷念之情的源頭了。

「我……一直渴望被誰所需要呢。」

過去，為了那個將我撿回家的神，我四處行竊。因為這麼做能讓神開心，所以我也很樂意努力為他偷東西。

「行竊」是他人唯一渴求我做的事。

現在，需要我的人再次出現。

守護波吉的性命，在不被任何人發現的情況下保護他。

這想必是只有我能做到的事，是只有身為影之一族的我才做得到的事情。

原來也有只有我才能為波吉做的事情嗎？

「好耶！看我的！」

總覺得精神突然變好了。被關進牢裡時的痛楚和辛酸，現在全都被我拋到九霄雲外。

不能在波吉面前露臉這點雖然令人遺憾，不過，有朝一日，等到我確實達成保護他的使命，我就洋洋得意地這麼說吧。

我有成功保護波吉到最後喔——這樣！

我照著貝賓的指示，先安分在牢房裡待上片刻，之後再溜出去。

一如他所說，沒看到半個負責站崗的衛兵，所以我輕輕鬆鬆離開了地牢。

「對了，那傢伙說要去跟波吉編個我失蹤的藉口啊……」

好一陣子沒見到波吉了呢——我的腦中不自覺地浮現他的臉龐。

那張傻氣、悠哉又放鬆的臉，現在突然讓我懷念無比。

「……去看看情況好了。」

就算不能在波吉面前現身，我總可以躲起來看他吧。

我偷偷摸摸地在王城裡頭尋找波吉的蹤影。

最後，偷聽到別人說波吉在郊區的廢墟裡，我急忙趕了過去。

抵達現場時，我看到貝賓站在波吉面前，以樹枝在地上畫出某種圖案。

「波吉殿下，您認識這個人嗎？」

貝賓畫的是我的臉。

「啊呃！」

波吉用力點點頭。

（波吉那傢伙，竟然這麼拚命……）

因為我什麼都沒說就消失蹤影，他或許很擔心我吧。

雖然很想馬上告訴他我平安無事，但我還是強忍住這股衝動。

這時，我覺得貝賓好像將視線移向我藏身的方向。

（被他發現我偷偷跟過來了嗎……）

明明交代不能在波吉面前現身，我卻還是跟了過來，他是想責備我這樣的行為嗎

——我這麼想著，但貝賓並沒有表現出其他反應。

「原來如此，他是您的朋友嗎?這個人請我傳話給您。」

這麼說的同時，貝賓也以手語和波吉溝通。

「他打算遠行，所以今後不會再和您見面了……他是這麼說的。」

波吉像是大受打擊那樣僵在原地。

同一時間，我也不禁渾身打顫。

（貝賓那傢伙……是在警告我呢……）

他刻意以我也聽得到的音量說出口。

你絕不能在波吉殿下面前現身——他以這樣的方式再次叮囑。

（……我知道了啦。）

我發誓不會讓波吉發現自己的存在。

不過，無論何時，我都站在你這邊喔——只有這點絕對不會改變。

「我是特地過來跟您稟報這件事的。那麼，屬下先行告退……」

語畢，貝賓轉身離開，臨走前還朝我躲藏的方向瞥了一眼。

波吉在原地悵然若失了片刻後，突然像是觸電那樣狂奔出去。

「啥！他怎麼了啊……」

我連忙跟上他的腳步。

波吉一路衝回王城，然後踏進地牢。

他或許是擔心我被關進大牢裡了吧。無法在波吉面前現身說明真相，實在令人焦急又無奈。

得知地牢裡沒有任何人之後，波吉瞥見在地上爬的毒蛇，又開始追著牠們跑。

那些大概是之前受貝賓指示，負責監視我的毒蛇。

毒蛇在千鈞一髮之際躲過波吉的追捕，逃進一個小小的洞穴裡。

（他抓那些蛇要做什麼？他不可能理解蛇的語言吧……）

雖然搞不懂波吉一連串行動的意義，但我沒有多餘時間思考了。

因為他再次從地牢全速衝向外頭。

為了不要跟丟波吉，我趕緊追上他的腳步。

波吉接著造訪的，是一處昏暗的庭院。這裡生著茂密的草木，儘管還是大白天，整體看起來卻陰暗又潮溼。

波吉撥開一片又一片的草木往前進。

最後，他抵達一處視野比較遼闊的地方。那裡的岩山下方有一個小小的洞穴。

那個洞穴的尺寸看起來很難讓一般人鑽入，但身型瘦小的波吉硬是擠了進去。

我跟著他鑽進洞穴，來到一個被水晶光芒微微照亮的開闊空間。

（糟糕……！）

我匆匆躲回洞穴通道裡頭，因為我看到這個空間裡有一隻巨大的蛇。

那是一隻三頭蛇，不過牠有一顆頭被砍斷了，所以只剩兩顆頭。而剩下的兩顆頭之中，有一顆是雙眼都受傷失明的狀態。

「許久不見了，波吉殿下。」

（這隻蛇說話了……）

我不禁看傻了眼。

在我茫然眺望眼前這片光景時，波吉以樹枝在地上畫出我和貝賓的臉。

「……吾主貝賓大人的確逮捕了這名人物。」

聽到大蛇這麼說，波吉以樹枝指向我的畫像。

面對臉上寫滿焦急情緒的他，大蛇看似愧疚地垂下頭。

「……我沒有忘記您過去的恩情，波吉殿下。然而，我也無法背叛同樣有恩於我的貝賓大人。」

大蛇的回應，讓波吉的眼淚嘩啦啦地湧出。他難過地趴在地上哭泣。

大蛇盯著他這樣的身影片刻後，以有些不得已的語氣再次開口。

「……波吉殿下，那名人物目前平安無事。」

波吉猛地抬起頭。

「貝賓大人跟他做了一個交易，指派他一個重大任務，然後要求他踏上旅途。我只能告訴您這麼多，不過……有一件事我可以確定。」

大蛇平靜地凝視著波吉，然後這麼對他說。

「世上還有很多景仰您的人，請您別忘記這一點。」

說著，大蛇將頭靠近波吉的臉。

像是要回應牠那樣，波吉將自己的額頭貼上大蛇的頭。

「好了，請您離開吧。我不希望這件事被貝賓大人發現。」

聽到大蛇的催促，波吉以炯炯有神的雙眼回應牠。

他已經不是為了找我而嚎啕大哭的那個波吉了。

我趕在他之前早一步悄悄爬出這個洞穴。

片刻後，從洞穴爬出來的波吉，踩著堅定的腳步返回王城。

「你願意相信我啊，波吉……」

你沒有責備、也沒有捨棄什麼都沒說就消失無蹤的我。

你願意相信我正在為了某個目標努力。

「既然這樣……我可得卯起來努力才行啊！」

我重新鼓起幹勁，追上波吉的腳步。

—・—・—・—・—・—・—・—・—・—・—・—

回到房裡後，有好一陣子，波吉只是坐在窗框上仰望夜空。

我則是躲在家具後方觀察這樣的他。

（他的表情格外凝重呢……）

原來波吉也能露出這麼嚴肅的表情嗎？這讓我有些刮目相看。

（不過，他究竟在想什麼呢——啊，他跑出去了。）

以鼻子重重哼氣之後，波吉從房裡衝了出去。

他看起來像是要去找希琳。

以比手畫腳的方式和門外的衛兵溝通過後，他們打開房門讓波吉入內，我也迅速從門縫溜進去。

下個瞬間，希琳的怒斥聲傳來。

「我怎麼可能允許你去旅行呢！」

波吉才剛開口，就換來一陣怒罵。

希琳高聲斥責的魄力，讓波吉也為之震懾。

「你一個人能做什麼！什麼都做不到對吧！你的耳朵聽不見，也沒有力氣，無法做到一般人能做的事情呢！就算外出，也只會丟人現眼而已！給我乖乖待在這座城裡！」

希琳對著波吉劈哩啪啦罵了一大串，完全不留情面。

她罵得有些刻薄，但我覺得這也是無可厚非。

（竟然想去旅行……這是不可能的事情啊，波吉。）

雖然看起來那副德性，但希琳其實很重視波吉。她只是一心想阻止波吉去旅行，才會一不小心說得太過火吧。

然而——

「更何況，你可是新國王的王兄呢！」

她不該說這句話的。這等於是對著一直渴望成為國王的波吉，逼迫他再次認清自己不是國王的事實。

一如所想，眼眶中湧現不甘淚水的波吉，一轉身便衝出房間。

希琳隨即露出一臉「我搞砸了」的表情，但為時已晚。

（真的很笨拙耶……）

我無奈地嘆了一口氣，然後朝波吉的背影追過去。

波吉跑回自己的房間，開始做出門遠行的準備。他把自己想得到的東西全都塞進包包裡，然後披上披風。

接著，他像是下定決心要踏上旅途那樣，摘下了頭上的王冠。

然而，打開房門準備走出去時，波吉卻被守在外頭的衛兵們擋下。

「波吉殿下，希琳王妃下令，要我們阻止您外出。」

嗯，會這麼安排也很正常呢——憑波吉自己的力量，不可能擺脫成年人逃出去。

不管多麼擅長閃躲，一旦被一大群人包圍，他也只能認輸。

不出我所料，波吉拔腿就跑。

然後也不出我所料地被衛兵抓起來。

他拚命掙扎，但最後還是被關回自己的房間裡。

他趴倒在床上，發出不甘心的哭聲。

但片刻後，他又猛地起身，抹去臉上的鼻水，從房間窗戶探頭往下看。

波吉的房間位於王城中很高的位置。想當然爾，外牆沒有設置能讓他往下爬的梯子，如果直接跳下去，絕對會身受重傷。

波吉想必也很清楚這一點吧。他打開房間裡的櫃子抽屜，把裡頭的衣服全都翻出來，然後一件件綁在一起。

（喂喂喂……難道他打算把衣服當成繩索嗎！）

這個點子還不錯，只是——這條繩索的長度很明顯不夠。

就算把櫃子裡的衣服全都綁在一起，也不足以讓波吉安全降落地面。

波吉將這條繩索的一頭綁在家具的腳柱上，另一頭則是扔向窗外。

（糟糕……要是他就這樣爬出去，會被困在半空中啊！）

雖然很想設法阻止波吉，但我不能在他面前露臉。要是讓他看到我，之前躲得那麼辛苦就沒有意義了。

猶豫片刻後，我盯上波吉準備帶出門的那個包包。

（躲進包包裡的話，就能待在他身邊了！）

在波吉從窗邊走回來之前，我迅速溜進他的包包裡。

我鑽進去的下個瞬間，波吉便背起包包，抓著衣服編成的繩索爬到窗戶外頭。
他慢吞吞地沿著繩索往下爬，但可想而知的是，他無法順利降落地面。
另一方面，波吉也無法憑自己的力量，再次沿著繩索爬回房間。
一如我先前擔心的狀況，他被困在半空中了。
（好啦……接下來該怎麼辦呢……）
要幫助波吉脫困並非難事，問題在於我不能在他面前亮相啊——
「哇——！」
上方突然傳來一陣尖叫聲。我從包包的縫隙往上看，發現叫聲來自從窗戶探出上半身的希琳。
「你在做什麼呀！」
希琳試著將衣服編成的繩索往上拉，但波吉卻為了阻止她這麼做，開始拚命搖晃身體。
（喂！別這樣亂動啦！這繩子可是你綁的耶……）
波吉是個沒有半點力氣的孩子，這是絕不能忘記的一點。
這樣的他利用衣服綁成的繩索，一旦被大力搖晃，會發生什麼事呢？

沒錯，繩結會慢慢鬆開。

「呀啊——！」

希琳不假思索地將整個身子探出窗外。在她險些摔下去時，身旁的一名壯漢及時伸出手攬住她的身體。

另一方面，波吉跟我則是直直地往下墜。

（怎麼辦怎麼辦怎麼辦怎麼辦！）

再過沒幾秒的時間，波吉就會重摔到地上。這樣絕對無法全身而退。

這時，波吉將包包扔了出去，透過這樣的反作用力撲向城堡外牆。

他勉強攀住了外牆上突起的部分——然而，波吉的臂力不可能和落下的重力加速度相抗衡。

過沒多久，波吉再次像裝著我的包包那樣往下墜。

（……這樣的話！）

我馬上採取行動。

咬牙承受住落地的衝擊後，我將手腳從包包裡頭探出。

上方可見波吉往下墜的背影。

我連同包包移動自己的身體，在波吉的正下方待命。

（早一步繞到他落地的位置……嗚哇！）

咚——看來我趕上了。

波吉先是摔到包包上，接著因為反彈而跌到地上。這樣總比讓他直接重摔到地上要來得好。

片刻後，希琳匆匆趕來，衝到暈過去的波吉身旁。

她將雙手伸向波吉的身體。過去替波吉治癒傷勢的光芒，此刻再次籠罩他。

或許是因為這樣，波吉醒了過來。

太好了，他看起來似乎沒有大礙。

—・—・—・—・—・—・—・—・—・—・—・—

接下來，平靜的日子持續了一段時間。

被希琳罵到臭頭之後，波吉似乎也重新考慮過，他向希琳表示自己會放棄外出遠行的念頭。

不過，感覺波吉還是放不下這樣的想法。他時常會在做好旅行的準備後，背起包包跑到鎮上四處亂晃。

看著這樣的他，城裡的僕役總會在遠處竊笑。

「廢柴王子還想出去旅行呀。」

「他根本不明白自己的立場嘛。」

「真是太難看了。」

沒有人願意認同波吉這難能可貴的勇氣。

波吉看起來有些沮喪，但我倒是感到放心。

雖然不知道是誰想取他性命，但王城裡有許多衛兵監視著，所以波吉遭遇危險的可能性應該也會降低。

要是他真的踏上旅途，我的責任就會變得更重大——

（……慢著。）

貝賓要求我擔任波吉的護衛，是在波吉說要外出旅行之前的事。在那個當下，應該沒有任何人知道他之後打算去旅行。

既然這樣，為什麼還需要我這個護衛？城裡比外頭的世界要來得安全許多，貝賓大可下令其他衛兵保護波吉，用不著找上我。

不對，真要說起來，波吉都待在城裡了，怎麼還會有人想取他的性命？這樣的話，就好像——

（打算對波吉下手的人就在城裡……就在波吉的身邊一樣啊……）

我不禁打了個寒顫。

一旦湧現這樣的想法，每個人在我眼中都變得相當可疑。

要說誰是站在波吉這邊的夥伴，我能夠斷言的大概只有希琳。戴達、多瑪斯、還有城裡的衛兵，都對波吉不抱好感。

（竟然有這種事……）

聽到貝賓要我擔任波吉的護衛時，我被自己也能幫上忙的喜悅沖昏了頭。然而——

事情似乎比我所想的還要不單純。

（我可得比過去更睜大眼睛觀察才行……）

在我這麼鼓起幹勁後，又過了好一陣子的某天。

希琳突然答應波吉外出旅行的要求了。

——・——・——・——・——・——・——・——・——・——・——・——・——

「我允許你外出旅行。」

來到波吉房間裡這麼宣布的希琳，身旁還帶上了多瑪斯跟另一名士兵。

我躲在家具後方觀察情況發展。

「不過，你必須讓這兩人一起同行！一個是劍術大師多瑪斯，另一個則是……你叫什麼名字來著？」

「是！屬下名叫霍庫洛！」

另一名士兵——霍庫洛以因為緊張而變得高亢的嗓音回答。

這傢伙看起來很弱又不可靠，但……感覺也很溫柔。

「他是唯一自願跟你同行的士兵，而且也懂得手語。就讓霍庫洛來負責照顧你的日常生活吧。此外，你這趟旅行的目的地是我的老家。去那裡問候過我的雙親後，你就馬上回來。」

在希琳宛如連珠砲般下達各項指示的時候，波吉只是愣愣地望著她。

但最後，他垂下頭，小小的身軀也開始顫抖。

「你……你怎麼啦？要是聽明白了，就好好回答……」

看到波吉出乎意料的反應，希琳在意地蹲低身子。

下一刻，波吉抬起頭親了她的臉頰一下。

（這傢伙開心得不得了啊……）

這是個直接到有些過頭的愛的表現。

「快……快點開始做準備吧！」

希琳靦腆地抬起頭。

隨後，波吉便喜孜孜地開始做行前準備。現在的他，臉上已經沒了先前的落寞神情，取而代之的是期待滿懷夢想的神采飛揚。

看著這樣的波吉，我的嘴角不禁上揚。雖然說話口氣很嚴厲，但看到波吉開心的模樣後，希琳也露出了笑容。

不過，我隨即重新繃緊神經。

（說不定外頭的世界還比王城裡安全呢……可是，多瑪斯也會同行……）

老實說，在我看來，他是想取波吉性命的頭號嫌犯候選人。

他沒有阻止波吉和戴達比試，甚至還將狀況導向對波吉不利的方向。就我至今的觀察，這傢伙老是讓波吉陷入危險之中。

希琳說他會擔任波吉的護衛，但我反而覺得他是最需要警戒的人物。

（總之……我就繼續躲在那裡頭好了。）

我趁波吉忙著收拾行李時，再次鑽進他的包包裡。這是距離波吉最近的地方，發生什麼事的時候，我也能馬上對他伸出援手。

就像這樣，我和波吉一同踏上了旅程。

城門打開後，波吉、多瑪斯和霍庫洛一起步出城外。

希琳和禿頭壯漢——這傢伙似乎是四天王中的德魯西——目送三人離開。

「……波吉。」

這時，希琳突然喚住波吉，並在他面前蹲下。

面對疑惑地轉過身來的波吉，她交雜著手語這麼開口。

「波吉，我會祈禱你的旅途一路平安。」

她溫柔地說完後，波吉以分外活潑的語氣回應。

（交給我吧，我絕對會保護好波吉！）

雖然沒有實際說出口，但我在包包裡這麼鼓起幹勁。

中場休息．被留下的人們

希琳靜靜地目送精神抖擻踏上旅程的波吉的背影離去。

「沒想到那孩子也會有去旅行的一天呀……」

她不禁回想起自己和波吉共度的時光。

在親生母親過世後，一開始，波吉並沒有對身為父王第二任妻子的希琳敞開心房。

他只是一味追尋記憶中的亡母，完全沒把希琳放在眼裡。

儘管如此，希琳仍努力試著和波吉交流、溝通，讓波吉漸漸卸下心防。

因為實在太擔心波吉，她說過很多嚴厲的話，也怒罵過他很多次。

但這一切都是為了波吉著想。

然而，波吉這次並沒有服從希琳的要求。

他沒有放棄外出旅行這個念頭。

「他比我想像的成長了更多呢……」

希琳一直以為波吉還是個孩子。但看到他展現出令人意外的勇氣後，除了吃驚，她更有種不禁想露出微笑的感覺。

「那麼……」

看到波吉一行人的身影消失在小山丘另一頭之後，希琳「呼」地吐出一口氣。就在這時——

她突然感到背脊一陣發冷。

「希琳殿下？」

守在她身旁的重臣——壯漢德魯西開口喚道。

希琳雙腳一軟，就這樣癱坐在地上。

「為什麼呢……我總有種不好的預感。」

「不好的預感？」

「彷彿……再也見不到波吉的預感……甚至連戴達都……」

希琳這番發言，讓德魯西有些不解。

他明白希琳相當擔心波吉的安危。因為他也見識過希琳為了該不該允許波吉外出旅行的問題，而再三苦惱的模樣。

不過，可能再也見不到戴達，又是怎麼一回事？這點德魯西就不懂了。

「為什麼呢……戴達明明就在我身邊呀……」

轉頭朝王城方向望去的希琳，以不太有自信的語氣這麼輕喃。關於自己為何會湧現這樣的預感，她也覺得很不可思議。

「……一定是我多心了吧。」

或許是目送波吉離開，讓自己各方面都感到不安的緣故——希琳做出這樣的結論。

「……希琳殿下。」

這時，德魯西指著佇立在鎮上的一名男子開口。

以面具遮住上半張臉，還披著一襲黑色披風的他，握著一枝筆環顧鎮上的現況。

「那位是國王排名協會的成員。」

聽到他這麼說，希琳瞬間緊張起來。

「因為伯斯陛下過世了，他來這裡重新確認排名狀況吧。或許又會掀起一陣波瀾啊……」

——・——・——・——・——・——・——・——・——・——・——・——

從城裡眺望波吉踏上旅程的身影片刻後，對這件事失去興趣的戴達返回自己房裡。

「……王兄出發去旅行了。」

戴達對著掛在牆上的魔鏡說道。

「是的……您還在煩惱嗎？」

魔鏡這麼詢問看起來若有所思的戴達。

帶著一臉嚴肅表情的戴達，原本想開口說些什麼，但最後又閉上嘴巴。

魔鏡像是想讓他安心那樣開口。

「戴達陛下，您是在做正確的事情。為了剷除後患而做出決定，便是國王的使命。畢竟，我們無從得知將來會不會出現擁戴波吉殿下的勢力，導致國家陷入混亂……」

面對仍沉默不語的戴達，魔鏡繼續往下說。

「倘若戰事因此爆發，就會讓許多人喪命。您必須避免這樣的情況發生才行……」

「下令暗殺波吉殿下，也是逼不得已的做法。」

魔鏡以極為平淡的語氣這麼表示——要戴達殺了他的哥哥。

「戴達陛下，您無需為自己的命令感到羞恥。您的部下想必會忠心耿耿地完成自己的使命。」

或許是感受到魔鏡平靜嗓音中透出的熱度了吧，戴達抬起頭來。

「嗯，說得也是。」

聽到戴達的回應，魔鏡的嗓音聽起來放心了一些。

「接下來，只要從伯斯陛下的遺體獲得力量就可以了。」

「這是必要的嗎？」

「是的。」

魔鏡不假思索地回答。

「戴達陛下，您還很年輕，有著無可限量的前途。不過……伯斯陛下的力量才是最強大的。」

「獲得力量……是嗎？這種事情真的有可能實現嗎？」

原本想尋求答案的戴達，隨即又搖了搖頭。

「……不。可是，我想賭一賭自己的可能性。」

為此，我勤奮地努力至今，從不懈怠。我所付出的心力，理應足以讓自己當上下一任國王。

所以，我要靠自己的力量，成為比任何人都更來得優秀的國王——戴達這麼激勵自己。

然而，他不得不面對眼前殘酷的事實。

先王伯斯究竟有多麼偉大，要躋身國王排名的前幾名，究竟是多麼困難的事情。

之後，戴達將親身體會到，在這個世上，光是賭上自身的可能性，仍會有得不到的東西。

—・—・—・—・—・—・—・—・—・—・—・—

「呼……呼……」

戴達粗重的喘息迴盪在王城的鬥技場上。

滿身大汗跪在地上的他，手中握著一把前端被無情折斷的劍。

在這樣的戴達前方，一尊巨像以冰冷的眼神俯瞰著他。

「這很難以啟齒，不過……」

在一旁觀看戴達和巨像對決的國王排名審核員，以有些為難的語氣開口。

「您的排名恐怕免不了要大幅下降了，可能會落到第九十名左右……」

他宣告的內容，狠狠刺穿戴達的胸口。

（我是……第九十名？）

身為國王排名第七名的伯斯王的繼承人，在所有國民期待下即位的新國王，竟然落到第九十名——這是何等悲慘又難堪的結果呢。

儘管鬥技場上沒有半個士兵，戴達卻隱約聽到了嘲笑自己的聲音。

『雖說還是個孩子，但身為伯斯王的繼承人，竟然被排在第九十名……』

『這個國家未來將何去何從呢……』

『早知道會這樣，讓波吉王子即位是不是比較妥當……？』

這些並不存在的幻聽，無情地貫穿了戴達的心。

（不對……事情不應該是這樣的！）

回過神來的時候，他發現淚水從自己的雙眼溢出。

此刻的戴達，已經沒有勇氣再次起身挑戰眼前的巨像。

這晚，戴達作了一個夢。

夢中的他睜開眼睛後，映入眼簾的是一整片純白的世界。

「這裡……是哪裡啊……」

他環顧四周，然後在自己的腳邊發現一只寶箱。

「不可以打開，那是潘朵拉的盒子。」

一個阻斷他好奇心的嗓音傳來。戴達猛地轉頭望向聲音傳來的方向，結果看到希琳站在那裡。

「母后……？」

希琳以相當凝重的表情看著戴達。

「不。」

接著，戴達又聽到魔鏡的嗓音從身後傳來。他轉身，發現碎裂的魔鏡落在地上。

可以打開那個箱子，又或者不要對它出手比較好——猶豫不決的戴達再次朝希琳所在的方向望去，但那裡已經不見她的蹤影。

「倘若有意成為真正的國王，您就必須打開那個盒子。」

魔鏡這麼催促戴達。

儘管很在意希琳的忠告，但在魔鏡的慫恿之下，戴達仍不禁將手伸向箱子。

他蹲下身子，伸手觸碰寶箱的上蓋。

正當他下定決心，準備打開寶箱時——一片黑暗從箱子裡頭噴射出來。

「嗚哇！」

戴達反射性地往後退，在這段期間，黑暗仍持續從眼前的寶箱裡頭溢出。

這片黑暗轉眼間蔓延開來，吞噬了原本一片白茫茫的世界。

戴達完全無力阻止這一切發生。

「母后！魔鏡！這裡一片黑暗！我什麼都看不見啊！」

他呼喚的兩人沒有任何反應。

接下來究竟會發生什麼事——戴達用雙手抱住頭，在原地癱坐下來。

恐懼、焦躁、無助——被這些情感淹沒的他，身子也不知不覺愈縮愈小。
咕嚕——咕嚕——幾個黑色人影從地面浮現。
但年幼的戴達無計可施。
誰來救救我——在他幾乎要這麼吶喊出聲的時候……
原本空蕩蕩的箱子，突然喀噠喀噠地搖晃了幾下。接著，箱子內部開始發光，一個人影跟著迸出來，降落在戴達面前。
是小小的波吉。
他的體型看起來比變成幼童的戴達更小，幾乎只有小孩子玩的洋娃娃那麼大。
這般尺寸迷你又不可靠的波吉，此刻卻高舉起手中的木刀，抬頭挺胸地佇立在這個被黑暗籠罩的世界裡。
「王兄！」
看到波吉登場，戴達吃了一驚，但下一刻，黑色人影們隨即朝他伸出手。
（結束了……）
戴達反射性閉上雙眼。然而，黑色人影的手並沒有碰觸到他。
是小小的波吉朝黑影撲過去，揮開了它的手。

「他是希望……最後遺留下來的、能夠拯救你的希望……」

不知何處傳來魔鏡的聲音。

（什麼啊……這到底是……）

在渾沌的意識當中，戴達所能做的，就只有接受眼前的光景。

小小的波吉勇敢地挑戰那些黑色人影。

儘管矮小的身軀不斷被黑影拍掉、打飛，他仍會重新爬起來。

「每次被打倒，他都會再次起身，以愈挫愈勇的一顆心剷除禍害……」

即使變得遍體鱗傷，小小的波吉仍舉起手中的木刀，挺起胸膛面對敵人。

看在年幼的戴達眼裡，這樣的他簡直無比可靠。

（這……就是王兄嗎……）

他明明遠比自己來得弱小才對，理應是自己比他強大許多才對。

然而，眼前這個小小的波吉，此刻看起來卻比任何存在都要來得巨大。

「喀哈！呼……呼……」

戴達在這個時間點清醒過來。

他的枕頭因為冷汗而溼了一大片，被汗水沾溼的瀏海也緊黏在額頭上。

是夢啊——他放下心來。明白自己並沒有被那個黑暗世界吞噬，讓戴達鬆了一口氣。

但同時，他也感到相當不甘心。

他竟然覺得比自己弱小的王兄很可靠，和那樣的王兄比較過後，竟然讓他湧現了無力感。

儘管兩人的力量強弱和現實完全相反，但現在的戴達卻怎麼都無法以「只是一場夢罷了」來做結論。

這都是國王排名大幅下滑的打擊所造成的——戴達隨即明白了這一點。

是那樣的事實讓自己做了一場惡夢，若非如此，自己怎麼可能比王兄更無力呢？

既然這樣——就絕對不能讓國王排名下滑一事發生。

「……魔鏡！」

戴達提高音量呼喚後，掛在牆上的魔鏡做出反應。

「我在……」

「我現在馬上就要得到父王的力量！」

聽到他這句話，倒映在鏡中的另一個戴達臉上浮現淺淺的笑意。

——·——·——·——·——·——·——·——·——·——·——·——

這晚，戴達決定馬上付諸行動。

在所有人都睡下的寂靜夜晚，他帶上魔鏡和蠟燭，踩著通往王城地下室的階梯往下。

在這個上下打通的空間裡，一路往下方延伸出去的螺旋階梯，幾乎看不見盡頭在哪裡。

「王城地下室原來位於這麼深的地底嗎……魔鏡，妳到底是何方神聖？」

在戴達表示想得到先王伯斯的力量後，魔鏡引導他來到這裡。

戴達壓根不知道王城裡還有這種地方，但魔鏡卻一清二楚。

他會在意起魔鏡的真實身分，也是理所當然。

「我是過去跟您的父王同甘共苦的盟友……現在，就容我這麼介紹自己吧。」

魔鏡給的答案並不是戴達想聽到的，不過，他也沒有再追問下去。

他渴望力量，而這面魔鏡知道如何能讓他獲得力量——對戴達來說，這才是最重要的。

階梯的盡頭終於浮現在眼前。

前方有一扇巨大的門，不只是巨大，還有一種拒絕任何人靠近的氣勢。

戴達不禁屏息——就在這時候。

察覺到身後有其他人出現的他轉身。

出現在那裡的是兩名男子。他們以面具隱藏長相，肩上還扛著巨大的鐮刀。

他們的外表看起來簡直跟死神沒兩樣。

這兩名死神一語不發地俯瞰著戴達。

「……你們是什麼人？」

戴達平靜地開口問道。兩名男子沒有回答，只是垂著頭在他面前跪下，向戴達展現他們順從的態度。

「他們是伯斯陛下忠心耿耿的家臣，這兩人會協助您取得力量。」

魔鏡回答了戴達的疑問。

（這兩個傢伙是父王的……？）

兩名男子既不露臉、也不開口說話。就算說他們是來協助自己的，戴達一時也很難相信。

不過，他馬上換了個想法。

（既然魔鏡都這麼說了，就代表這不是騙人的，現在先別想太多……）

他姑且同意讓這兩名死神跟在自己身旁。

兩人起身後，將手伸向眼前這扇大門，以自己的體重使力推開它。

下個瞬間，冷風從大門的另一頭迎面撲來。裡頭似乎是個寬敞的空間，但因為被白茫茫的冰冷空氣籠罩，無法好好看清內部的狀況。

「請進吧，戴達陛下……」

被一名死神揣在懷裡的魔鏡這麼催促。

下定決心後，戴達踏進了這個房間。

前進一段距離之後，眼前的景色終於變得清晰——同時也令人錯愕。

這個房間裡並排著大量被凍成冰塊的魔物。

從大小跟人類差不多的魔物到體型巨大的魔龍，都像收藏品那樣井然有序地陳列在此處。

「這裡有著各式各樣被凍成冰塊的生物。」

（這究竟是什麼地方啊……）

不用說，戴達完全不曾聽聞王城地底還有這樣一個地方，就算繼承王位之後也一樣。要不是魔鏡帶他過來，他往後也不會知道這裡吧。

這麼想之後，戴達愈來愈覺得這個地方很詭異，也開始對魔鏡起疑。

他環顧周遭，然後不經意地抬頭望向前方。

瞥見被冰凍在眼前的物體，他不禁語塞。

「父……父王！」

是已死的伯斯。

他完全冰凍住的巨大軀體，以站姿固定在一面牆上，腳下有個台座支撐著。

相較於陷入混亂的戴達，魔鏡和兩名死神完全無動於衷。

原本把魔鏡捧在手裡的死神，現在將它倚著牆輕輕放下。

「伯斯王一死，我們就馬上將他冰封起來，一切都是為了這一刻……」

「妳……」

魔鏡到底打算做什麼——戴達對它的疑心再次加深。

不過，魔鏡沒有出聲回答，兩名死神當然也沒有。取而代之的是，他們開始採取行動。

死神們走向結冰伯斯下方的台座，然後合力旋轉從一旁的箱子延伸出來的把手。

隨後，透過箱子和把手連結的部分——亦即伯斯所在的台座下方，開始傳來類似金屬互相摩擦的刺耳噪音。

「你們要做什麼！」

儘管戴達這麼問，魔鏡仍一語不發。

伯斯被冰塊封印的軀體，慢慢往下沉入台座的內部。

下個瞬間，硬物被碾碎的聲響傳來。隨著伯斯的身體進入台座內部，這樣的聲音也愈來愈響亮。

他們正在絞碎父王的遺體——戴達終於明白了。

不過，他並沒有阻止兩名死神的行動。

儘管明白這些人正在褻瀆父親的遺體，他仍咬牙忍了下來。

這是為了得到伯斯的力量，是為了提升自己在國王排名中的名次。戴達決定鐵了心旁觀這一切。

待伯斯的身體完全沉入台座後，一名死神將台座旁的栓塞拔出。

漆黑的液體從裡頭流淌出來，他用一根管子將其引流至事先準備好的瓶子裡頭。

「嗚……魔鏡！妳究竟做了什麼！」

戴達死命壓抑強烈的反胃感這麼怒吼。

但魔鏡仍以沒有抑揚頓挫的、平靜卻強硬的語氣這麼回答。

「接下來才是關鍵，戴達陛下！」

之後的一連串發展，戴達只能在一旁靜觀。

裝有伯斯遺體製成的液體的那只瓶子，被運往另一個房間，然後以鎖鍊吊起。

時值早晨，從房間上半部照進來的陽光，經過掛在牆上的好幾面鏡子重重反射，最後全都集中在被吊掛起來的瓶子上。

來自四面八方的陽光，讓瓶子逐漸升溫、變成紅色，最後甚至開始發光。

死神解開鎖鍊，取下瓶子，將它放在裝滿水的巨大酒盆裡降溫。

接著，其中一名死神以鑿子撬開瓶子。

（他們到底在做什麼……）

死神們採取的這些行動，沒有一個是戴達能夠理解的。

儀式就在他一無所知的情況下繼續進行。

「……要誕生了。」

就算魔鏡這麼表示，戴達依舊有聽沒懂。

（誕生？什麼東西要誕生？）

原本想開口問清楚，但他想知道的答案隨即出現在眼前。

在戴達視線所及之處，一隻雛鳥出現在巨大的酒盆裡。

這隻鳥在轉眼間迅速成長，一下就變化成超過成年人身高的大型魔物。

「真噁心……」

戴達掩著嘴皺起眉頭。

在他眼前愈變愈大的魔物，突然展開巨大的翅膀，以滑翔之姿朝戴達撲過來。

咕嘎啊啊啊啊啊——魔物一邊發出詭異的叫聲，一邊衝向戴達。

下一刻，兩名死神隨即持雙叉戟壓制住魔物，將牠關進爐灶裡。

身體卡在爐灶裡的魔物，從爐灶上方的孔洞探出一顆頭，並持續發出詭異的叫聲。

同時，不知何時便守在一旁的死神，迅速揮下手中的巨大鐮刀，砍下了魔物的腦袋。

另一名死神拎起魔物的腦袋，將流淌下來的鮮血滴進酒杯裡。

「這是聖血。」

魔鏡以像是介紹珍貴物品的語氣這麼說明，但看在戴達眼中，那只是汙穢不堪的東西。

這是一片簡直令人無法直視的光景。

「將身體的部分燒成灰燼，再從中取出復活寶珠。」

死神們將爐灶點火，濃煙跟著竄出。

等到爐灶不再冒出煙霧後，死神們鑽進裡頭，從怪物的灰燼裡檢起一顆小小的珠子。那看起來像是混雜了黑色、綠色和藍色的顏色。

「將它加進聖血裡頭，祕藥就完成了。」

在魔鏡這麼說之後，死神恭敬地朝戴達跪下，朝他獻上裝有祕藥的酒杯。

「來，戴達陛下，請用吧⋯⋯」

戴達有些緊繃地接過酒杯。

「妳……要我喝下這個……？」

戴達盯著酒杯輕喃。裡頭裝滿的液體色澤非紅非黑、看起來混濁暗沉。

「喝下它，您就能得到伯斯陛下的力量，那是這個世上最強的力量……」

能夠得到伯斯的力量——這句話從後方推了猶豫不決的戴達一把。

他緩緩將杯緣湊近嘴邊。

然而——

「……我拒絕，誰要喝這種可疑的東西啊！」

說著，他將杯子拿遠。

「戴達陛下……您不相信我嗎？」

魔鏡以吃驚的語氣逼問。

但戴達的態度仍十分堅定。

「我實在沒辦法喝下這玩意兒。」

「您忘記國王排名一事了嗎？」

「我怎麼可能忘記！」

聽到魔鏡提起國王排名，戴達忍不住提高音量。

喝下祕藥就能變強——即使魔鏡這麼慫恿，戴達的直覺仍告訴他，這個東西是絕對不能喝的。

「我今後會更加努力！無論要花上幾年時間都無所謂！」

他會以自己的力量來提升國王排名的名次——戴達這麼向魔鏡放話。

聽到他堅定的主張，魔鏡稍稍壓低了嗓音開口。

「您企圖挑戰的世界，可沒有這麼好應付。」

「這我很清楚……」

自己當著國王排名審查員的面，狼狽地輸給巨像的慘痛記憶，此刻在戴達腦中浮現。

「……不過，這東西不行，雖然不知道為什麼，但就是不行……」

仰賴這種來路不明的祕藥，絕對是錯誤的選擇——戴達決定堅持這樣的信念。

「您會感到抗拒也是正常的。不過，只要喝下它，能夠獲得的東西可是多到不計其數！」

「既然這樣，妳就先喝給我看！」

面對魔鏡執拗的要求，戴達將酒杯遞到它的面前。

「不然你們倆也可以！喝了它！」

接著又朝兩名死神遞出酒杯。

「這個祕藥只對繼承了伯斯陛下之血的您有效而已。」

魔鏡仍不死心地繼續勸說。

「戴達陛下，請您想像一下吧……您成為世上最強的存在，然後一口氣將國王排名的名次拉高、最終晉升全世界頂尖霸王的光景……」

啊啊，這確實很美好呢——戴達試著想像這樣的情景。

坐在王座上的他，看著全世界的國王對自己下跪的情景。

無人能夠忤逆的他，支配這個世上的一切的光景。

（只要喝下這個，真的就……）

夢想將不再只是夢想，會化為現實。

來吧，喝下它吧——這樣的衝動開始從內心湧現。

然而，儘管如此——

『戴達殿下。無論做什麼事，都沒有輕鬆的捷徑。努力的時間能夠成就您的自我。還請您不要被周遭的人、或是被您自己給蒙蔽了！』

（啊啊，你說得沒錯，貝賓……）

戴達想起過去接受貝賓劍術訓練時，他曾對自己說過的這番話。

在這個瞬間，沒有遵從這句教誨以外的選擇。

「我不會喝的。」

戴達將裝滿祕藥的酒杯擱置一旁，沒有扭曲自己的信念。

「戴達陛下！」

「妳太煩人了，魔鏡！」

聽到戴達如此怒斥，魔鏡沉默下來。

片刻後，一個無奈的嘆息聲傳入戴達耳中。

「……沒辦法了。」

「……這是做什麼？」

在魔鏡這麼輕喃的同時，現場的氣氛也為之一變。

「這都是為了您好。」

魔鏡開口的瞬間，原本順從的兩名死神突然撲向戴達，企圖將他壓制住。

不過，戴達當然不可能乖乖任他們擺布。

他以手肘攻擊其中一名死神，趁他站不穩腳步時，對另一名死神使出飛踢。

接著，他再以迴旋踢伺候一開始被肘擊的死神，給他最後一擊。

只消一眨眼的功夫，戴達便讓這兩名死神暈了過去。

「別太小看我了。」

魔鏡沒有說話，只是靜靜地瞅著戴達。

「魔鏡，妳或許是為了我好才這麼做，但……我會用自己的力量爬上國王排名第一名！」

說著，戴達再次捧起裝著祕藥的酒杯，然後將它高高舉起。

「您……您要做什麼！」

他沒有理會魔鏡焦急的制止聲，像是要斬斷自己心中的猶豫不捨那樣，將祕藥連同酒杯狠狠砸到地上。

第二章．波吉的敵人

我和波吉的這趟旅行相當和平。

多瑪斯看起來沒有要加害波吉的打算，霍庫洛則是把波吉照顧得無微不至。

要說有哪裡不滿的話，大概就是每當波吉從包包裡拿東西時，為了繼續躲在狹小的包包內側，我都得拚命扭轉自己的身體這一點。

（不過，這點苦也算不了什麼啦……）

一路上，波吉的雙眼都因興奮而閃閃發光。

好奇地觀察頭一次看到的動物、因為親眼目睹美麗的夕陽而眼眶泛淚、享受跟旅伴圍繞著營火吃吃喝喝的樂趣。

這些關在城裡絕對無法體驗到的新鮮事，讓波吉大為滿足。

（真是太好了呢，波吉……）

這些經驗想必會讓波吉變得強大——我對此深信不疑。

正因如此，我一定要好好保護他到最後一刻才行。

（多瑪斯……雖然我覺得這傢伙是頭號可疑分子，但……）

自從我們開始踏上旅途後，我便隨時注意著多瑪斯的一舉一動。

擅長劍術的他，如果真心想對波吉下手，波吉不可能保護得了自己。

所以，要是發現多瑪斯稍有居心不軌的徵兆，我打算馬上挺身應戰。為此，我一直維持高度警戒的狀態。

然而，多瑪斯完全沒有表現出這樣的態度。他總會聽從波吉的要求，確實擔任一名稱職的旅伴。

不僅如此，一旦有空閒時間，他就會教波吉練劍。

多瑪斯很有耐心地指導連揮劍的力氣都沒有的波吉，不會斥責、也不會催促他，就像在一旁觀看他成長那樣。

「波吉殿下，您無須太過焦急。」

儘管波吉連練習都做不好，多瑪斯仍以口頭搭配手語的方式鼓勵他。

「您的努力我全都看在眼裡。您從不灰心放棄，總是一心一意地練習揮劍的模樣，真的非常偉大。」

這是讓人難以想像他其實打算取波吉性命的一句話。

同時也讓我的腦袋愈來愈混亂。

多瑪斯究竟是敵人？還是朋友？

「波吉殿下，您什麼都不用擔心。請您維持現在這樣就可以了。我一定會……一定會保護您。」

這麼向波吉發誓的多瑪斯，眼神看起來……應該是認真的。

—・—・—・—・—・—・—・—・—・—・—

這天，我們來到了一個大城鎮。這裡的市街熱鬧又洋溢著活力，感覺不會輸給伯斯王國。

波吉好奇地不停東張西望，滿心期待發現什麼新奇有趣的東西。

（喂喂喂，你可別跟那兩人失散喔。要是迷路了，光是找人就會很辛苦……喂！）

我的不安馬上成真了。

不知看到什麼的波吉突然拔腿就跑。他俐落地在人群裡鑽來鑽去，以這樣的方式不斷前進。

（啊～真拿你沒辦法耶。）

我在包包裡遠眺霍庫洛臉色開始發白的模樣，然後跟波吉一起走失。

波吉真的對每件事情都充滿好奇心。

他一下忙著觀察路邊攤的商品，一下又被表演給孩童看的人偶劇徹底吸引了注意力。看到他以伯斯王國的金幣支付觀賞費，負責表演的大人嚇到眼珠子都要掉出來了。

看他這般自由自在的模樣，波吉八成已經忘記自己貴為一國的王子了吧。

（不過，這也很像他的作風啦……嗯？）

或許是逛累了，波吉倚著公園的噴水池開始打瞌睡。就在這時候——

一個用面具隱藏長相的男人，躡手躡腳地朝熟睡的波吉靠近。

我的本能頓時理解了狀況。

（是同行啊……）

跟過去的我一樣，依靠四處行竊維生的傢伙。

想必是波吉剛才掏出金幣付錢的光景，讓他被這傢伙盯上了。

（沒辦法，用速戰速決的方式趕跑他吧……）

要是突然看到我從包包裡探出頭來，這傢伙應該會被嚇跑──我這麼想著，然後準備鑽出包包。

原本熟睡的波吉睜開了雙眼。

糟糕──我在千鈞一髮之際縮回包包裡──差點就被波吉看到了。

（好險啊……）

我鬆了一口氣，也因此掉以輕心。

那個竊賊一把將我──將整個包包揣進懷裡，然後就腳底抹油溜了。

雖然我很想立刻趕回波吉身邊，但竊賊卻往人多的方向逃竄。

要是我在這種情況下現身，一定會引起騷動，也可能會因此被波吉發現。

（只能等到這傢伙獨處的時候了……）

我選擇繼續躲在包包裡頭。

待竊賊跑進一條人跡罕至的小巷子裡後，我開始執行作戰計畫。

看到我從包包裡頭冒出來，竊賊嚇得一屁股跌坐在地。

竟然當著我的面行竊，你膽子倒是不小嘛——我裝模作樣地嚇唬他之後，竊賊口吐白沫地暈了過去。

（做得太過火了嗎……還好這裡是小巷子呢。）

我將手腳從包包裡頭探出，匆匆趕回波吉身邊。

然而，正要離開小巷子時，我停下腳步。

（這裡人太多了……）

無論我的動作有多快，看到一個包包在地上爬，路上的行人一定會驚呼連連。

相反的，要是慎重地緩慢前進，有可能又會被誰撿走。

帶著這個包包一起移動太危險了。

「沒辦法了……等到太陽下山吧。」

先找個地方把包包藏起來好了。等確認過波吉他們的所在地之後，到了晚上，再設法讓他們找到包包。

我將包包藏起來，以一身輕的狀態竄出小巷。

在城鎮裡找了一輪之後，我終於在夜晚的酒場裡發現波吉等人。

波吉、多瑪斯和霍庫洛三人正在吃晚餐。

不同於大口享用帶骨肉和熱湯的波吉，多瑪斯和霍庫洛看起來都面有難色。

我有點在意這樣的他們，於是移動到兩人腳邊豎起耳朵。

「我問你……只要是來自上頭的命令，無論內容為何，你都有能夠確實服從的覺悟嗎？」

多瑪斯以嚴肅的表情問道。

「例如什麼樣的命令呢？」

「沒有什麼例子可以舉，我只想知道你會不會服從命令。」

多瑪斯斬釘截鐵地拒絕回答霍庫洛這個再正常不過的疑問，我也猜不透他到底想說什麼。

「……我不知道。」

沉思半晌後，霍庫洛這麼回答。

「你的覺悟還不夠啊。換作是我……我會服從。居上位之人，都背負著令人難以想像的沉重壓力和責任。如我們這般渺小的存在，可無法判斷上位者下達的命令究竟正不正確。」

多瑪斯平靜地說道。

不過，與其說是在開導霍庫洛，聽在我耳裡，這番話更像是多瑪斯在說服自己。

（這傢伙怎麼回事……他到底在盤算什麼啊……？）

目前，我還無法明確判斷多瑪斯是不是想取波吉的性命。

但我總覺得，他這次會陪同波吉一起踏上旅程，不單單只是因為希琳如此下令。

他或許還接到了其他命令——背負著令人難以想像的沉重壓力和責任的命令。

我帶著無法釋懷的鬱悶心情離開現場。

隔天早上，趁著路上還沒多少人的時候，我帶著包包來到城鎮外頭。

看到波吉一行人也離開城鎮後，我早一步繞到他們預定會經過的山路上。

我將包包擱置在山路正中央，然後再躲進去，盡可能把自己塞進深處。

片刻後，三人朝這裡走來。

「……咦！波吉殿下，您看！那是您的包包！」

最先發現包包的是霍庫洛。他們三人匆匆跑過來，打開包包確認內容物。

我早就料到會這樣，所以一開始才會盡可能躲在包包深處。

裡。

「裡頭的東西都還在呢……這到底是怎麼回事……」
（之後，在波吉面前現身時，我又多了一個可以跟他說的故事嘍。）
為了自己成功幫上波吉的忙，而感到心滿意足的我，就這樣繼續潛伏在他的包包裡。

—・—・—・—・—・—・—・—・—・—・—・—

接下來的旅途還算一路順遂。
為了不被巨大魔物發現，我們屏息躲起來；有時還得在險峻的環境中自力開闢一條道路往前走。
要說意外的插曲，大概就是跟兩人走散時，波吉在洞窟裡遇到一個奇怪的老爺子，還跟他意氣相投一事。
這老爺子是個莫名其妙的傢伙。他領著波吉走到洞窟外，遠眺漂浮在夜空中的一個巨大塊狀物，說要來一支和解之舞，接著就開始跳舞。
感謝的儀式，還有生命之間的連結什麼的——總之，他是個讓人不知道想表達什麼的老爺子。

不過，反正波吉跳舞跳得很開心，所以也不是什麼壞事就是了。

—・—・—・—・—・—・—・—・—・—・—・—・—

這天，我們來到一片望過去什麼都沒有的荒涼原野後，太陽也跟著下山。

「今晚就在這裡過夜吧。」

在多瑪斯指示下，霍庫洛開始做野營的準備。他撿來一堆乾枯的樹枝和石子，用它們生火。

營火順利點燃後，多瑪斯開始燒烤帶骨肉。

雖然開始烤了，但——

（啊，那傢伙！）

他趁著波吉和霍庫洛不注意的時候，迅速掏出某個東西，朝帶骨肉戳了一下。

雖然只是一瞬間，但那個東西確實戳進帶骨肉裡頭。

那是——一根細針？

怎麼回事?他打算做什麼?

為什麼要用針去戳帶骨肉——

「請用，波吉殿下。」

在我百思不解的時候，多瑪斯將那塊烤好的帶骨肉遞給波吉。

波吉開心地接過它，張大嘴準備享用。

他身旁的多瑪斯——以極為冷酷的眼神觀看這一切。

（他果然幹了什麼好事！）

下個瞬間，我對準波吉手中的帶骨肉，迅速將小刀射過去。

在波吉就要一口咬下的瞬間，我的飛刀及時將那塊帶骨肉打飛。

「什麼人！」

霍庫洛慌慌張張地舉起劍大喊，多瑪斯則是晚了半拍才緩緩起身。

「沒看到任何人……這怎麼可能呢！」

「……我感覺不到其他人的氣息，應該已經逃走了。」

多瑪斯一臉平靜表示。

「會是什麼人呢？」

「恐怕……是盜賊吧。」

多瑪斯一直維持著一副不關己事的態度。

（我的直覺果然是對的……多瑪斯是個完全不能信任的傢伙！）

我從包包的縫隙之間惡狠狠地瞅著他，一點都不敢大意。

幸好波吉沒有吃到那塊肉。剛才被我打飛落地的帶骨肉，之後被一隻狐狸叼走了。

不過，這樣就很清楚了，多瑪斯說要保護波吉，根本是天大的謊言。

想取波吉性命的人正是他。

（波吉就由我來守護……我才不會讓波吉栽在你手上！）

隔天早上，我們在附近發現了狐狸親子的屍體。

旁邊有一塊被咬過幾口的肉。

是我為了不讓波吉吃下，而將它打飛的那塊帶骨肉。

「恐怕是那把小刀上塗了毒吧……」

看到波吉為了死去的狐狸親子悲痛不已的模樣，霍庫洛輕聲這麼說。

這時，多瑪斯默默將視線從他們兩人身上移開。

（……果然沒錯啊。）

——・——・——・——・——・——・——・——・——・——・——

接下來，波吉一行人造訪了一個被稱為「地獄之門」的城鎮。

城鎮附近有個會持續噴出烈焰的巨大洞穴。

一行人站在高處俯瞰整個城鎮。

「這就是通往冥府的洞穴……別名地獄之門。」

「但這裡看起來很繁榮呢。」

「阻擋冥府的怪物入侵，讓城鎮維持和平的……是冥府騎士團這個史上最強的騎士團。」

多瑪斯和霍庫洛對話時，波吉以充滿好奇心的表情遠眺城鎮景色。

「霍庫洛，你先去鎮上找旅館；波吉殿下，我們到更近一點的地方去看看地獄大門吧。」

暫時跟霍庫洛分頭行動的兩人，朝不斷竄出火舌的大洞前進。

最後，他們來到了相當靠近洞穴邊緣的位置。

「每隔幾分鐘……地獄之門就會冒出熊熊燃燒的大火，看起來宛如地獄的業火。」

多瑪斯站在洞穴旁這麼說。

（喂喂喂，幹嘛帶他來這麼危險的地方啦！）

我在內心這麼咒罵多瑪斯。

難道是因為毒殺失敗，所以他打算把波吉推下這個大洞嗎！

「請看，波吉殿下，真的深不見底呢。」

多瑪斯這麼催促波吉。

而波吉也完全不疑有他，從洞穴邊緣探出身子往下方窺探。

（別這樣，波吉！很危險啊！要是你待在那種地方……）

我差點忍不住放聲大喊，就在這時候——

多瑪斯悄悄伸出手推了波吉一把。

他的動作並沒有很粗魯，真的只是輕輕推波吉的背一下而已。

然而，就算這樣——也相當足夠了。

波吉的身體像是被洞穴吸進去那樣往下墜。

（波吉！）

我不能繼續躲著了。

再這樣下去，波吉會死掉。就是為了避免這種事態發生，我才會在這裡。

現在就必須採取行動！

（得先避免讓他直接摔落地面！）

我從嘴裡吐出十字弓，再瞄準懸崖射出箭矢。

一如我的計畫，箭尖深深插進斷崖下方的壁面。綁在箭矢上頭的繩索，將包包連同波吉的身體一起往斷崖的方向拉扯。

波吉就這樣撞上壁面——但至少不像剛才那樣高速下墜。

這一撞，讓波吉鬆開抓著包包的手。

擺脫一路下墜到大洞底部的命運後，波吉和我順利找到一塊平坦處降落。

（好痛喔……總覺得自從躲進這個包包裡頭後，我就經常從高處摔到地上耶……）

就在這時——

波吉踩著戰戰兢兢的腳步朝我——朝包包靠近。

（……嗯，這也難怪啦。）

雖然貝賓交代我不能在波吉面前現身，但這是為了保護波吉的作法。

既然已經成功保護他了，把一切原委跟波吉說明清楚，應該也不會被責怪吧。

再說——我也想好好跟波吉重逢啊。

那麼，一、二——

「是我啦——！」

我從包包裡大剌剌跳出來，但波吉只是以一臉茫然的表情盯著我看。

他像變成石頭那樣一動也不動，只是直直盯著我——回過神來的時候，他的雙眼已經滿溢淚水。

看著這樣的波吉，我的眼眶也開始溼潤起來。

「我不是說過了嗎？波吉，從今以後，不管發生什麼事，我一定都會站在你這邊！」

「啊……呃……啊～呃……」

「嗯，沒錯。是我，卡克。」

波吉呼喚了我的名字——光是這樣，我就覺得至今的辛苦付出全都得到回報了。

我靠近落下斗大淚珠的波吉，輕輕拍了拍他的肩膀。

你不是孤單一人，這世上還有十分珍惜你的人存在。

至少，這裡確實有個這樣的人——我想讓波吉明白這一點。

或許是我的心意順利傳達出去了，波吉緊緊握住我的手，然後開始大哭。

他趴倒在地上，使盡力氣放聲大哭起來。

（啊啊……我有保護他呢，成功保護了他……）

波吉緊握著我的那雙手傳來的體溫，讓我深深體會到這樣的事實。

不知不覺中，我也開始掉眼淚。

「別……別哭啦，波吉！這可是男人的重逢耶！」

試圖逞強的我抹去眼淚，故作帥氣地這麼說。

好不容易重逢了，要是兩人臉上都掛著淚水，不是很可惜嗎？

「……噗！波吉，你那是什麼表情啊，超奇怪的！」

「啊呃欸！」

回過神來的時候，我們都因為想要強忍住淚水，結果讓自己露出了古怪的表情。

這實在太有趣、也太好笑了。

最後，哭臉終究化為笑臉。

我們看著彼此的臉，向對方露出發自內心的笑容。

——•——•——•——•——•——•——•——•——•——•——

「其實啊，我一直都待在你身邊喔，波吉……」

我遠眺著不斷往上竄的烈焰，這麼對著波吉說。

「你從高塔上摔下去的時候、包包被偷走的時候、差點吃下有毒的肉的時候……

全都是我出手救了你啊！」

我豎起拇指，露出得意不已的表情說道。

（……不過，老王賣瓜也只能到此為止了呢。）

我得跟波吉說明一切才行。

「這麼說很令人難過，但是……有人想取你的性命呢。是那傢伙……拜託我當你的護衛。」

之前，我被貝賓抓起來關進大牢裡。

努力和貝賓交涉後，他答應放我一馬，但交換條件是，我必須擔任波吉的護衛。

為了避免波吉被捲入陰謀之中，只能在暗中守護他。

我向波吉全盤托出這些事。

「雖然我也不清楚貝賓葫蘆裡賣的什麼藥……總之，因為不知道想取你性命的人是誰，這件事必須瞞著你進行。所謂欺敵先欺己嘛。」

說到這裡，我發現波吉的表情蒙上一層陰霾。

（……是嗎？也是啦。）

那個想取他性命的人，正是多瑪斯。

在波吉身邊看著他成長，還立誓要守護波吉的男人，最後卻背叛了他。

這想必對波吉造成很大的打擊了吧。

（多瑪斯之前在酒場說的……必須遵從上頭命令的那番話……）

多瑪斯應該不是為求自保或貪圖錢財，才會想殺死波吉。

恐怕是有人命令他這麼做。

就是來自他所說的「背負著令人難以想像的沉重壓力和責任之人」所下的命令吧。

多瑪斯一定有什麼無法忤逆這個命令的理由。

「別在意啦，人生什麼事都有可能發生啊。」

我拍拍一臉沮喪的波吉的肩頭。

而他也終於打起精神來。

「好啦，走吧。」

聽到我這麼說，波吉露出不解的表情。

「波吉，不是往上，我們要往下走。」

沒錯，不是返回原地，而是繼續往前。

這也是貝賓給我的機密指令之一。

「我們要去找一個傢伙，他能把你變成世上最強的男人喔！」

波吉愣在原地，以不太自然的動作指著自己向我確認。

「嗯，沒錯，那傢伙似乎住在地底的『冥府』。」

我跟波吉兩人踩著以巨大洞穴的壁面鑿成的岩石階梯往下。

畢竟目的地是冥府，這座階梯也遲遲看不見盡頭。

「好深啊……還走不到底嗎……」

我朝身旁瞄了一眼，持續踩著階梯往下的波吉，臉上不見半點疲態。

（這傢伙果然很有毅力……）

在我這麼想的同時，一種異樣感油然而生。

波吉看起來還是老樣子，但好像少了什麼。

還沒躲進包包前，我在王城裡看到的那個波吉，跟現在的他相比——啊！

「對了！這給你！」

我從口中吐出一個布做的王冠，波吉露出一副「這是什麼？」的表情。

「雖然只是布做的帽子，但你還是要戴上這個才行呢。」

既然目標是成為世上最偉大的國王，頭上沒戴著王冠怎麼行呢——我懷著這樣的想法，將它遞給波吉。

或許是我的心意傳達出去了吧，波吉以燦爛的笑容接過我的王冠，將它戴在頭上。

「噎噎！」

「嗯，這樣才有你的感覺。因為你沒什麼個人特色，戴上它看起來恰到好處啊。」

在我這麼調侃波吉的時候。

竄起的烈焰產生的熱風，咻一下將王冠颳跑。

我們趕到王冠落地的位置——然後看到令人毛骨悚然的光景。

「這……這是人骨呢！到底發生什麼事了啊……」

地面散落著一整片的人骨。

這代表不只一兩個人，而是曾經有更多人在這裡失去性命。

「……嗯？怎麼了，波吉？」

一旁的波吉皺起鼻子，不知道在聞什麼。

隨後，他循著氣味來源邁開步伐。

「怎麼啦，波吉？你說有一股怪味？」

他往氣味傳來的方向前進片刻後，抵達了斷崖的洞穴邊緣——

「是瓦斯！糟啦！」

看起來顏色很不妙的瓦斯，正不斷從洞穴裡頭噴出來。

「火焰會一直噴發，原來是因為這個瓦斯的緣故嗎？」

那些人骨想必就是吸了這種瓦斯而喪命的人，繼續待在這裡很危險。

「快走，波吉！」

我拉著波吉的手開始奔跑，拚命奔跑。然而——

（不行……我的意識……）

前方的視野慢慢轉暗，我的身體也變得使不上力氣。

原本是我拉著波吉跑，但不知不覺中，卻變成我在拖慢他的速度。

最後，波吉乾脆一把將我抱起來。

明明得守護波吉的我，現在卻反過來被他拯救。

（對不起喔，波吉……）

波吉抱著我，死命逃離不斷蔓延開來的瓦斯。

然而，波吉也並非完全沒有受到影響。逐漸被瓦斯奪去體力的他，最後終於再也跑不動了。

波吉和我同樣意識陷入朦朧。

（可惡！我怎能在這種地方……）

就在這時候——

逐漸失去意識的我聽到一個聲音。

是某種金屬摩擦聲和馬蹄聲。

（有人……靠近這裡……？）

但我已經完全沒有力氣去確認聲音來源為何。

我就這樣在波吉懷裡昏迷過去。

中場休息．使命

結束了——

達成自己接到的命令的瞬間，最先湧現在多瑪斯內心的，就只有這樣的感想。

墜入大洞的波吉，朝自己伸出手的波吉。

看著這樣的情景在眼前發生的他，完成了自己的使命。

多瑪斯不覺得悲傷或空虛，當然，更沒有成就感。

終於能卸下至今一直背負著的東西——他只有這種終於獲得解放的感覺。

多瑪斯轉身背對大洞，然後踏出腳步。

他的身旁空無一人，沒有那個小小的身軀、小小的腳步聲，或是小小的笑容。

這些全都消失在大洞的盡頭，被他的這雙手抹煞。

「哼哼……哼哈哈哈！哈哈哈哈哈……」

多瑪斯放聲大笑，他空洞的笑聲迴盪在孤寂的黑夜裡。

然而，笑聲停止後，無窮無盡的悔意在多瑪斯內心翻騰起來。

他確實擺脫了背負已久的沉重負擔。

但同時，他也察覺到一件事——原來自己背負的這個東西有多麼珍貴。

「請您原諒我……波吉殿下……」

一滴淚水從多瑪斯的眼中滑落。波吉的回憶不斷在腦中浮現，他只能拚命將其揮去。

「我……我已經達成自己的使命……」

這樣就行了——多瑪斯這麼相信。

「戴達陛下……我確實執行了您下達的命令……」

這一切都是基於戴達的指示。

『為了避免不必要的紛爭、為了剷除王位爭奪戰的種子，我要你暗殺波吉。』

這就是多瑪斯在踏上旅途前，從戴達那裡接收的機密指示。

儘管身為波吉的劍術導師，他卻比較崇敬能夠展現王者之劍的風範的戴達。

真正值得自己效忠的王者戴達，以「因為我信任你」這句話——指派他這樣的任務。

在百般糾葛之後，多瑪斯接受了這個命令。

「我……應該要對自己的所作所為自豪才對。之所以會受到良心譴責，完全是因為我太懦弱，沒能做好覺悟……沒錯，鐵定就是這麼一回事……」

多瑪斯這麼鼓勵自己，然後再次踏出步伐。

他的臉上已經不見淚痕。

之後，多瑪斯遇到了前來尋找他和波吉的霍庫洛。

「多瑪斯大人！咦……波吉殿下呢？」

看到獨自走著的多瑪斯，霍庫洛不禁問道。

前者沒有停下腳步，一邊前進，一邊這麼回答。

「波吉殿下他……已經不在了。」

「咦？他跑到哪裡去了嗎？多瑪斯大人？多瑪斯大人！」

想當然爾，霍庫洛沒能理解他的回答，只是繼續追問波吉人在何處。

「不是跟你說他已經不在了嗎！」

再也受不了的多瑪斯開口怒斥。看到轉過頭來的他臉上的表情，霍庫洛不禁屏息。

「您說他不在……」

在霍庫洛仍是一頭霧水時，烈焰從他身後的地獄之門竄出。轟隆隆的聲響、不見人影的波吉，還有多瑪斯的態度……這些要素在霍庫洛腦中連結成一個答案。

「多瑪斯大人……難道您……」

面對臉色發白的霍庫洛，多瑪斯無語地垂下眼簾。

看到多瑪斯的反應，霍庫洛更加確定了——是他對波吉下手。

「多瑪斯大人！」

「我的使命……」

多瑪斯終於緩緩開口。

「……是讓波吉殿下在這個世界上消失。」

「什……」

沒想到他會這麼做——不，應該說沒想到這樣的事情還是發生了。

霍庫洛震驚得說不出半句話。

「您真的……殺了波吉殿下嗎……？」

「……沒錯，用我這雙手。」

「你！」

盛怒的霍庫洛拔劍。

多瑪斯感受到他的殺氣，也擺出應戰架勢。

「……你是認真的嗎？」

「我必須做個了斷，給沒能好好守護波吉殿下的……自己的了斷！」

是赴死的覺悟嗎——多瑪斯不禁有些憐憫。

在劍術方面，他們倆的實力可說是天差地遠，從正面挑戰多瑪斯的霍庫洛不會有勝算。

「愚蠢的傢伙！」

「愚蠢的是誰啊！」

霍庫洛高舉起手中的劍，朝多瑪斯衝了過去。

然而，多瑪斯卻以自己的劍輕鬆擋下他竭盡全力的一擊。

「嗚嗚……」

「住手吧。」

多瑪斯對握劍的手使力，彈開霍庫洛的劍。光是這樣，霍庫洛的身體就輕而易舉地被他打飛。

「我……我……！」

趴倒在地的霍庫洛狠狠咬牙。

（波吉殿下……已經不在了……）

因為抓到螯蝦而歡天喜地的波吉不在了。

津津有味地把整碗熱湯喝完的波吉不在了。

（那位波吉殿下……已經不在這個世上的任何地方了！）

他失去自己本應侍奉的君主，也失去這趟旅程的目的。

感覺胸口被鑿穿一個大洞的霍庫洛——仍堅強地站了起來。

「我到底……到底都在做些什麼啊！」

他緊握著劍，再次和多瑪斯對峙。

失去一切的自己，要是還有能夠做到的事，還有必須完成的職責的話……

那想必就是——打倒殺害波吉的多瑪斯了吧。

這跟力量強弱無關，勝算什麼的根本無所謂。

霍庫洛相信，殺死眼前這個男人的決心，是他對波吉最後的忠誠表現。

「唔喔喔喔喔喔——！」

霍庫洛衝上前，這是個奮不顧身的、直接了當的攻擊。

「……」

然而，對多瑪斯來說，霍庫洛賭上一切的這一擊，不過是平凡無奇的一記劈砍。

無論要避開或反擊，都不是問題。

更何況，他也不可能抽刀砍殺霍庫洛。

但多瑪斯卻沒能及時做出反應。

向他挑戰的霍庫洛，臉上沒有半點赴死的覺悟。

只有必須殺了眼前這個男人的覺悟。

我竟然讓那個溫柔的男人出現這麼大的轉變嗎——些許悔意在多瑪斯內心閃過時，

霍庫洛的劍已經近在咫尺。

「……哼！」

多瑪斯擋下了這一劍——用自己的右手。

「不過是一條手臂，給我好好砍掉啊！」

他壓抑著在全身上下流竄的劇烈痛楚、寒意和反胃感，這麼挑釁霍庫洛。

因後悔而表情扭曲的霍庫洛，先是收回自己的劍，然後再次揮下。

但這一劍仍不夠俐落。

多瑪斯輕易擊碎了霍庫洛的劍，以刀背重擊他的肩膀。

霍庫洛瞬間止住呼吸，接著便失去意識倒地。

「呼……呼……」

身子也跟著使不上力的多瑪斯，朝自己無力垂著的右腕一瞥。

這已經不是能治得好的傷勢了。那一劍劈開他的肌肉組織，連骨頭都砍斷一半。

多瑪斯調整自己的呼吸，然後做好覺悟。

他以左手揮劍——從傷口處俐落砍斷自己的右腕。

——・——・——・——・——・——・——・——・——・——・——・——

戴達將祕藥砸在地上。

他決定要靠自己的力量爬上國王排名的首位，而不是靠這種可疑的外力。

目睹這一幕，魔鏡有些動搖，但馬上又深深嘆了一口氣。

「竟然做出這種事……不過，基於您的個性，我多少有預料到這樣的發展……」

儘管祕藥被白白浪費掉，但魔鏡的嗓音中感覺不到怒氣。

「戴達陛下，您是被我的蜘蛛網捕捉到的蝴蝶……已經無法從我的計畫中抽身了……」

「魔鏡，抱歉辜負了妳的一片善意。我沒有惡意，只是……我還很年輕！我想相信自己的可能性！」

國王排名的名次大幅下滑，確實讓戴達感到焦躁。

不過，如果選擇仰賴這種祕藥，就等於要他承認自己至今的努力，都只是在白費力氣。

（我跟王兄不同！我會成為強力又偉大的國王！）

所以，戴達咬牙撐過貝賓嚴苛的訓練，以腳踏實地的方式努力變強。

如果用祕藥來讓自己變強，豈不是太卑鄙了嗎？

（我絕對——不要變成卑鄙的人！）

戴達拚命揮去此時從腦中閃過的那段過往——波吉接二連三迴避他的劍擊，將他玩弄在股掌之間的記憶。

「我一定會成為能夠符合妳的期待的國王，一定……一定會！」

戴達轉身背對魔鏡，將手緊緊握拳。

然而——

「呵呵……呵呵呵呵……」

聽到戴達的決心，魔鏡只是一笑置之。

「有什麼好笑的，魔鏡！」

感覺自己被侮辱的戴達橫眉豎目地大喊。

這時，房間的門緩緩敞開，身為四天王之一的「國王之槍」阿庇司從門後現身。

「阿庇司！」

戴達慌張起來。以投票決定下一任國王時，阿庇司並沒有投票給他。因為這樣，戴達曾私下命令貝賓將阿庇司解決掉。

然而，他現在卻出現在這個地方。

「這是怎麼一回事……貝賓被你殺掉了嗎！」

阿庇司以冰冷的眼神俯瞰著手足無措的戴達。

下個瞬間，他衝了出去，將手中的長槍對準眼前的戴達——

「還不住手！」

這聲喝止，讓長槍的前端在觸及戴達喉頭的前一刻停下。

「這個……聲音是……」

阿庇司以一臉難以置信的表情望向魔鏡所在的方向。

「……難……難道是米蘭喬大人嗎！」

「唔呵呵……你還記得我啊，阿庇司。」

（米蘭喬……？）

在驚險關頭被魔鏡拯救的戴達，放心地重重吐出一口氣。

（那是在魔鏡裡頭說話的女人的本名？不過，連我都不知道那傢伙的真實身分，為什麼阿庇司會知道？）

在戴達仍一頭霧水的時候，阿庇司走到魔鏡前方，恭敬地朝它垂下頭。

「米蘭喬大人，好幾年不見您了……不過，您現在的樣子……？」

阿庇司認識的那個米蘭喬，並不是一面鏡子。

過去——在伯斯王帶領下，造訪這個陳列著冰封魔物的地下室時，阿庇司第一次見到米蘭喬。那時，她確實還是人類的外型。

不過，現在為何會化作一面鏡子——面對阿庇司的疑問，米蘭喬只是怒斥一聲。

「別問！」

魔鏡——米蘭喬像是要打斷他那樣開口。這不容許反駁的犀利斥責，讓阿庇司嚇得把頭低得更低。

「比起這個，你剛才是想做什麼？」

為什麼企圖殺害戴達——這是米蘭喬的言下之意。

「是……我打算遵從伯斯陛下的遺詔，立波吉殿下為王……」

「所以才想暗殺戴達陛下嗎……不過，戴達陛下是我很重要的人。不許你隨便出手。」

語畢，鏡中的米蘭喬朝阿庇司招了招手。

雖然有幾分猶豫，阿庇司仍順從地走到魔鏡前方。

「怎麼可能！這種事……」

「當然有可能。」

米蘭喬和阿庇司持續對話著，但戴達所在的位置，無法聽見他們交談的內容。

（雖然不知道他們在說些什麼……）

戴達拾起方才打倒的死神所使用的鐮刀。

既然貝賓搞砸了，那我就自己動手——他這麼想著，然後瞄準阿庇司的背高高舉起鐮刀。

「戴達陛下！您沒有必要這麼做，阿庇司已經明白一切了。」

明白什麼——正當戴達感到詫異時，單膝跪地的阿庇司轉身面向他。

「戴達陛下，懇請您原諒屬下方才失禮的行為。」

阿庇司對他展現出順從的態度，米蘭喬也在一旁附和。

「……我豈能這麼簡單就相信他。」

阿庇司可是擁戴波吉為王，又企圖對自己下手的人。

面對二度做出背叛行為的他，戴達不可能輕易卸下心防。

「戴達陛下，拜託您……」

米蘭喬不斷向戴達喊話，輕輕地、柔柔地，像是要降低他的戒心那樣。

戴達陷入迷惘之中。

手無寸鐵的阿庇司正跪在自己跟前，只要揮下手中的鐮刀，就可以輕易將他殺死。

揮下這把鐮刀，他就不用為第三次的背叛行為憂心苦惱，可以在這裡排除一個威脅。

儘管如此——戴達仍無法動手。

單方面攻擊毫無抵抗力的對手，實在有違王者之劍的風格。

因此，他選擇壓抑內心對阿庇司的敵意和厭惡，拋下手中的鐮刀。

「非常感謝您。」

米蘭喬向他致謝。

不過，戴達並沒有察覺到她的語氣中蘊含的一絲憐憫之情。

「哼！」

下個瞬間，阿庇司拔腿衝刺。

他一口氣逼近戴達，朝他的腹部重重一擊。

吃了這一拳的戴達當場昏厥。

「呵呵呵……終於走到這一天了，我原本早就想這麼做了，但一直無法如願呢。因為有那傢伙的眼線……」

米蘭喬喚醒被打暈的死神們，指示他們用抹布擦拭潑濺在地上的祕藥。

把抹布吸收的祕藥擰進酒杯裡後，他們將昏迷的戴達綁起來，再把祕藥倒進他的嘴裡。

「那傢伙？」

「那個使喚蛇的男人。為了守護戴達陛下，他總是盯得很緊……之所以會對戴達陛下那麼嚴苛，也是出自於想要守護他的一片心意。當然，這是基於家臣的忠誠，不過……他想必是對戴達陛下產生感情了吧。雖然最後還是栽在我的計畫之中便是……呵呵呵。」

米蘭喬發出詭異的笑聲。在她視線所及之處，戴達嚥下了最後一滴祕藥。

接著到底會發生什麼事──阿庇司以凝重的表情靜靜旁觀。

「這是復活的祕藥，而你不過是一個容器……接下來，我要吟唱復活的咒語。阿尼姆斯・尼可可・雷多莫……」

米蘭喬以阿庇司所無法理解的語言持續吟唱咒語。

吟唱完畢的瞬間——戴達的身體開始抽搐。

震顫愈來愈強烈，最後蔓延至全身上下。

阿庇司和米蘭喬只是默默凝視著這樣的光景。

最後，抽搐停止，戴達也緩緩睜開雙眼。

「……這樣啊。」

聽到他道出這句話的嗓音，阿庇司震懾到說不出半句話。

米蘭喬則是欣喜無比。

「我再次……犧牲了自己的兒子嗎？」

出自戴達口中的，確實是他本人的聲音。

然而，無論是抑揚頓挫、或是散發出來的威嚴，都不同於阿庇司所知道的戴達的嗓音。

在戴達的樣貌之下，阿庇司窺見了過去的伯斯王的身影。

第四章．為了變強

清醒過來的時候，我發現自己待在一個巨大的廳堂裡。

（咦？這裡不是那個大洞？）

我環顧周遭，發現已經醒來的波吉就在身旁，他一直緊緊握著我的手。

我們倆一起東張西望，馬上看到一個王座。一個手持法杖的男人，就坐在那張黃色和紫色相間的王座上。

有著一雙牛眼和一張大嘴的他，從王座上方以愉快的笑容俯瞰我們。既然坐在王座上──這代表他是冥府之王嗎？

「你們倆早已受到詛咒，所以就算吸入詛咒瓦斯也沒死嗎……一個是力量被奪走的巨人，黑色那個則是被神明詛咒，而改變形體的影之一族啊……」

他像是自言自語那樣叨念。

（不只是我的來歷，他甚至連波吉的出身背景都看穿了……這傢伙感覺不簡單啊……）

就算能夠從外型看出我的身分，能馬上明白波吉是巨人族的傢伙可不多。

「我說你……是伯斯之子嗎？」

王座上的男人這麼問。盯著波吉看的他，臉上露出一種詭異的笑容。

「伯斯似乎是死了啊。之後，弟弟代替無能的哥哥當上國王了嗎？嘻嘻嘻嘻……」

光是看他一眼，我就有種直覺，這傢伙是無法讓我產生好感的類型。

「……所以，你們來這個冥府做什麼？」

不過，就算對方是個不討喜的傢伙，有時也顧不了這麼多。

比起我個人的喜好，得以這趟旅行的目的為優先才行。

「我們會來到冥府，是為了某個目的。」

我代替支支吾吾的波吉回答。

「我是在問伯斯之子喔？」

這傢伙——明知道波吉不會說話，還故意這樣嗎？

實在很壞心眼耶。

「波吉的耳朵聽不到，也無法說話，所以我才代替他開口啦！」

「啊哈哈哈哈！還真的如傳聞所說啊！喀喀喀……好啦，我知道了，快點說明吧！」

啊～氣死人！這傢伙真的氣死人啦～

不不不，我得冷靜點才行。就算我現在卯起來怒罵他一頓，也不會讓事情有所進展。

先吸氣、再吐氣、然後吸氣、接著吐氣——好，我冷靜下來了。

「我們聽說這個冥府裡，有個能讓力量平庸之人變成國王的男人。我記得他的名字是……德斯……德斯……什麼來著？」

糟糕，我一時想不起來耶。

在踏上旅途前，我的確有聽貝賓說過。

「怎麼啦？」

「就是……我們想跟那個德斯什麼的傢伙見面，讓他把波吉變成世上最強大的男人！」

聽到我這麼說，王座上的男人先是一愣，接著用手指指向波吉。

「……啥？把這個無能之人？變成最強大的男人？啊哈哈哈哈！」

他竟然毫不客氣地這樣大笑！真的是個超級失禮的傢伙！

——噯，波吉！你幹嘛一臉難為情的樣子啦！你也生氣一下啊！

他在取笑你耶！

「順帶一提……」

大笑幾聲之後，看似為此感到滿足的男人，以自大的態度這麼表示。

「你們在找的那個男人……就是我啊。」

「啥！」

他說什麼？這傢伙——就是能把波吉變成超級強者的人物？

「伯斯之子啊，我是冥府之王德斯哈。」

「咦？騙人的吧……」

「誰騙你啦。」

印象中，國王排名中的第二名，就是叫這個名字。

貝賓想讓這傢伙把波吉變成最強的存在嗎？

（嗚……雖然這傢伙讓人很不爽，但比起我的面子，對波吉有沒有幫助更重要！）

就算再怎麼被瞧不起，也只能仰賴他了。

「拜託你！請你讓波吉變強吧！」

「首先……得見識一下這傢伙的實力才行……喂！」

聽到德斯哈傳喚，原本站在波吉後方的一名士兵上前。

他是個全身上下都穿著盔甲的魁梧男子。

「做好準備吧，伯斯之子。另外，那個黑色的傢伙，你最好離他們遠一點喔。」

德斯哈看起來似乎一臉樂在其中的樣子。

明明知道波吉是個什麼樣的孩子，卻還說要看看他的實力，然後讓他跟人對決……這傢伙真的很壞心眼耶。他認為波吉什麼都做不到，所以把他當笨蛋耍嗎？

「加油，波吉！你一定會贏的！」

就讓那傢伙見識波吉的實力，給他一點顏色瞧瞧吧——我使力做出雙手握拳的勝利姿勢。

波吉坦率地點點頭，他完全沒有因為德斯哈壞心眼的安排而意志消沉。

他看起來幹勁十足。

波吉脫下身上的披風，舉起小小的木刀跟士兵對峙。

是說，這兩人的體格差異未免太誇張了。跟戴達對決時的情況，根本不能拿來比較。

「順帶一提，這傢伙是冥府騎士團的隊長。」

「冥……冥府騎士團……！」

不會吧——因為，他說的冥府騎士團可是——

「我有聽說過……這支騎士團擁有足以毀滅一整個國家的實力，而且對目標極為執著……要是有魔物從冥府逃出去，他們會不惜追殺到天涯海角，直到把牠大卸八塊為止……」

「基本上，他們被譽為這個世上最強的騎士團啊。」

這傢伙竟然還說什麼「基本上」？看起來明明就是一副深信「他們絕對是世上最強的騎士團」的表情。

「就算這樣，你也要打嗎？」

「嗷！」

儘管德斯哈這麼挑釁，波吉仍不為所動。

看到我露出不安的表情，波吉挺起胸膛，彷彿是要我別擔心他。

「很好的覺悟。你不用手下留情，先試著用刀砍這個男人吧。」

在德斯哈的指示下，波吉朝士兵衝了過去。

首先是正面的一刀、接著是第二刀、然後是追加的第三刀——波吉的攻擊全都命中隊長的身體。

不過，想當然爾——這些攻擊完全沒有造成傷害。

一開始，隊長原本還以訓練用長棍擋下波吉的攻擊，但在明白他的力氣很小之後，途中就乾脆放棄防禦了。

現場只剩下波吉努力不懈地敲打盔甲的聲響。

「唔唔……停下停下！什麼跟什麼啊！根本不像話！」

德斯哈出聲制止了對決。

糟糕——這樣一來，波吉完全沒機會展現自己的長處啊。

「不，等一下！波吉非常擅長閃躲攻擊喔！讓他表現給你看吧！」

聽到我迫切的主張，德斯哈以一臉「真拿你們沒辦法」的表情催促波吉。

「那麼，你試著躲開他的攻擊吧。」

「太感謝了！上吧，波吉。」

我伸手輕拍波吉的背，然後為了不要妨礙他行動而退開。

波吉喜孜孜地朝我點點頭，接著轉頭面對隊長。

隊長弓起背，握住長棍——然後猛地朝波吉一刺——那是一記沒有半點迷惘的犀利攻擊。

感覺能輕易將波吉的身體打飛的這記攻擊——落在空無一人的地方。

「什麼！」

在隊長吃驚不已的時候，輕鬆避開攻擊的波吉再次舉起木刀。

「……哼！」

隊長再次撲向波吉。

突刺、橫掃、劈砍——隊長使盡渾身解數的每個攻擊，都被波吉以遊刃有餘的動作避開。

在一旁觀看這場對決的其他士兵，也都以驚訝的表情面面相覷。

「很好……很好！很好喔！」

就是這個！這就是波吉的強項啦！

再怎麼強力的攻擊，只要無法命中對方，就沒有意義！

最後，或許是理解自己的攻擊完全無法命中波吉的事實了吧，隊長像是認輸那樣舉起武器，停下了攻擊的行動。

臉上寫滿成就感的波吉以鼻孔用力噴氣。

「太厲害了！真不愧是波吉！呼～」

我望向德斯哈，對他露出一副「怎麼樣，看到了嗎！」的得意表情。

「噯！噯！這傢伙的才能超厲害的對吧！你會讓他變強吧？」

我以為自己絕對能聽到德斯哈爽快允諾。

然而，他卻帶著一臉無趣的表情別過臉去。

「……行不通的。」

「咦……為……為什麼！」

冥府騎士團的隊長很強吧？足以贏過任何人吧？

面對這樣的對手，波吉卻毫髮無傷耶。他到底還有哪裡不夠好啊！

「光憑這招，你要怎麼打倒敵人？如何粉碎對方的盔甲？」

聽到他這句無情的指摘，我才恍然大悟。

（和那時的情況一樣……在波吉跟戴達比試過後，多瑪斯也這麼說……）

這不是王者之劍——雖然不會輸給任何人，卻也保護不了任何人。

關於這個問題，現在的波吉無能為力。

「嗚……我們就是想補救這一點，才要拜託你指導啊！」

我以緊抓著救命稻草不放的心情繼續懇求。

「呼……我沒辦法，他缺乏這方面的天賦。」

德斯哈重重嘆了一口氣，不過，他的臉上已經不再浮現之前那種把波吉當傻瓜的神色。

「放棄吧，還有很多其他不同的生存方式。」

德斯哈這麼勸誡我們。

波吉直直盯著德斯哈，判讀他所說的話。

波吉臉上露出了無可奈何的放棄表情，但我還不打算放棄。

雖然真的很不甘心、不甘心到極點，我仍拚命主張自己的訴求。

「可是……可是，波吉會成為國王呢！你不是能讓平庸之人變得強大嗎？拜託你啦！」

「那是因為那些平庸之人原本就有天賦。」

「怎……怎麼會……要說天賦的話，波吉也……」

「他沒有，完全沒有。」

德斯哈以極其冷靜的語氣這麼斷言，波吉也因此變得垂頭喪氣。

「……這傢伙絕對會變強！絕對會！拜託你指導他吧！」

為了讓波吉打起精神，我朝他的背重重一拍。

（不要緊的，波吉！）

至今，無論他人怎麼瞧不起你、嘲笑你，你都沒有放棄要成為一名國王的信念啊。

別因為被拒絕兩三次就灰心喪志，不屈不撓應該是你的強項才對啊。

「……啊，對了！」

此時，我才想起貝賓有寫推薦函要我帶上。

為了讓波吉變強，貝賓指示我陪同他造訪冥府，還替我們寫了一封推薦函。

我從嘴裡吐出捲成一束的推薦函，將它高高舉起。

「我有帶推薦函過來！」

「推薦函？」

「這個，就是這個！」

我把推薦函遞給附近的一名士兵，讓他轉交給德斯哈。

從士兵手中接過推薦函後，德斯哈開始閱讀內容，但他臉上的表情卻跟著凍結。

「……喂，你有事先看過這封推薦函嗎？」

「咦？我沒有看……」

聽到我這麼回答，德斯哈突然露出不悅的表情，然後撕爛手中的推薦函。

我們完全來不及制止他。

「啊！」

「把他們攆出去！」

我跟波吉就這樣莫名其妙被趕出王城。

「搞什麼啊，可惡！我們做錯了什麼嗎！」

德斯哈突然翻臉不認人的態度，讓我氣憤到不行，但波吉看起來並沒有動怒。

他只是以溫和的眼神望向我。

「波吉……那個……抱歉，讓你受傷了吧……」

剛才被德斯哈當面斷言「你無法變強、你沒有天賦」，他不可能什麼感覺都沒有。

我滿腦子都想著要來這裡讓波吉變強，卻在沒有任何收穫的情況下被趕出來，從結果來看，就只是讓波吉多了一段不愉快的回憶而已。

不能只是一股腦往前衝，我也得試著多方思考才行。

「……波吉？」

在我愧疚地垂下頭時，波吉輕輕握住了我的手。

卡克沒有錯，是我太弱小了。對不起，我背叛了你的期待——波吉擠出無法化為言語的聲音，站在我的立場替我說話。

「不不不！你沒有背叛我的期待啊！不要緊的，你別在意這種事啦！」

沒錯，我現在後悔，也只會讓波吉反過來在意我而已。

我像是要一掃方才的沉重氣氛那樣提高音量。

波吉也以高高舉起拳頭的方式回應我。

「嗯……不要緊，波吉。你沒問題的。」

一定要變強喔——

「喂！」

這時，把我們帶來這裡的隊長朝我們搭話。

「幹嘛啊，有什麼事嗎？」

我轉過身，發現隊長朝我遞出被德斯哈撕爛的推薦函。

「我們不需要那個東西了啦。」

都已經被德斯哈趕出來了，那封推薦函早就沒有半點用處。

雖然我這麼想，但隊長搖了搖頭。

「不對，你們要找的人不是德斯哈陛下。」

「咦？可是，是那傢伙自己說他……」

「德斯哈陛下只是耍著你們玩而已。不過，真要說的話，錯在你沒有記清楚自己要找的人叫什麼名字。」

嗚唔唔……這我無法反駁啊。

「不……不然，我們該去找誰才對啊？」

「德斯哈陛下的弟弟……德斯帕大人。」

「弟弟？原來那傢伙有弟弟啊！」

是說，這對兄弟的名字也太容易讓人搞混了吧。

「既然這樣，直接跟我們說清楚不就好了嗎……」

「德斯哈陛下是一名偉大的人物，不過，他對德斯帕大人懷抱著強烈的競爭意識。」

「競爭意識？」

「或許……可以說是嫉妒吧，總之，有很多原因。」

嫉妒？能夠登上國王排名第二名的人，還會嫉妒自己的弟弟？

我完全無法理解德斯哈的想法。

「不過，你為什麼要特地告訴我們這些？」

「……因為我覺得你們有點可憐。」

「啥！你這傢伙！」

事到如今，就連你都瞧不起波吉嗎——在我這麼怒吼前，隊長以平靜的嗓音開口。

「然而，更重要的是，我想看看波吉殿下的成長。」

「啥！」

怎麼突然說出這種讓人開心的話啊？這傢伙是怎麼回事？

不過，哎呀——既然他都這麼說了，我就坦率地感到高興吧。

「隊長說想看看你的成長呢，波吉。」

我代替被頭盔遮住臉的隊長，向波吉轉達他的心意。

（這一定是……只屬於波吉一個人的強項吧。）

光從外在評斷波吉的人，想必會覺得他是個不可靠又沒出息的傢伙吧。

可是，像隊長這樣曾經跟波吉交手過的人，就會發現他的過人之處。

（難以向別人展示波吉的長處……真的讓人很不甘心耶……）

「那麼，關於我剛才提到的德斯帕大人……」

隊長將對話拉回正題。

「他是一位相當有智慧的人物，你們去找他試試吧。」

語畢，隊長將推薦函親手交給我，接著對我伸出他原本擱在腿上的手。

「但願他能成為你們的助力。」

「……謝嘍。」

和隊長握手之後，我便趕到波吉身旁，跟他一同前往冥府的城鎮。

——•——•——•——•——•——•——•——•——•——•——•——•——

「這裡有各式各樣的居民耶！」

走在冥府城鎮裡頭的我和波吉不停東張西望。

除了人類以外，這裡還有許多魔物。但兩者沒有互相爭奪較勁，只是很普通地跟對方交談、做生意，相安無事地一起生活。

「這個城鎮的規模也很大……那傢伙或許意外是個優秀的國王啊……」

在鎮上閒逛時，我們發現廣場正中央有一座巨大的雕像。

雕像下方的台座上刻著「德斯哈王」幾個字。

「那傢伙竟然還做了自己的銅像！我要收回前言！」

打造銅像來宣揚自己很偉大的人，我可無法有好感。

原本在仰望銅像的波吉，這時伸出手指向上方。

我順著他所指的方向望去，發現銅像的臉部損毀得很嚴重。

「你怎麼了……呃，哎呀呀，這還真惡劣耶……不過，誰叫他要建造這種東西呢。」

一定是對德斯哈反感的人幹的好事吧。

「……啊，現在不是在意他的銅像的時候啦。我們走吧！」

我和波吉繼續趕路。

我們照著推薦函的內容，尋找那個叫做德斯帕的人的住處。

在鎮上打轉一陣子之後，總算是有了成果。

「找到了！那一定就是德斯帕的家！」

那是一棟位於城鎮郊區、散發著閑靜氛圍的房舍。

玄關外頭有幾座狗、鳥和蛇的銅像並排著。

看來這對兄弟都很喜歡銅像。

「……不知道他是什麼樣的人。」

來到大門外頭之後，我不禁嚥了嚥口水。

對方可是德斯哈的弟弟，所以，他會不會跟那傢伙長得很像呢？

他也像德斯哈那樣生著一雙圓滾滾的牛眼嗎？

「……在這裡東想西想也沒用！要上嘍！」

我像是為了一掃不安的情緒那樣扯開嗓子大喊。

「喂～喂～德斯帕先生～」

朝裡頭呼喚後，過了半晌，大門被人緩緩打開。

從裡頭現身的——是個跟德斯哈截然不同的男人。

「請問你們是？」

他看起來個性很溫和，也沒有又大又凸的眼睛，長相跟德斯哈完全不像。

相較之下，德斯帕看起來比德斯哈更有男人味，愈看愈無法相信這兩人是兄弟耶。

「你……就是德斯帕？」

「我是，有什麼事嗎？」

雖然跟我想像的有出入，但我們要找的人應該就是他沒錯。

「我叫卡克，他是波吉。」

「噢……請多指教。」

聽到我的自我介紹，德斯帕帶著略微困惑的表情回應。

「我們來這裡，是想請你把他變強！」

「你沒頭沒腦地突然說什麼……」

嗯，很正常的反應。這時就輪到推薦函上場了。

「我這邊有貝賓寫的推薦函！」

「貝賓？噢，他過得好嗎？」

「還可以。」

從我手上接過破碎的推薦函後，德斯帕皺起眉頭。

「被撕破了呢。」

「是你老哥弄的。」

「哦……這又是怎麼一回事？」

我跟德斯帕一起把破破爛爛的推薦函拼回原樣，同時大致跟他說明先前在王城發生的事情。

「哦……原來波吉是那位伯斯王的兒子啊。他想必是一名相當優秀的人才才對，兄長他還真是壞心眼……雖然這跟他嫉妒我多少也有關聯就是。」

「噢……我有聽說這件事，他為什麼要嫉妒你啊？」

「無論是力量或領導能力，我都遠不及兄長，再加上他生性質樸又勤勉……不但相當為人民著想，品德也很高尚。你們有看到廣場那座銅像吧？那是崇敬兄長的國民們鑄造出來的呢。」

「這樣啊？但是銅像的臉……」

我記得被人破壞得慘不忍睹呢。

「那是兄長砸壞的，因為他對自己的長相很自卑……自己這麼說雖然不太好意思，不過……我長得很英俊瀟灑吧？」

「咦…………」

糟糕，我一不小心就啞口無言了。

乍看之下長得像駱駝的人，竟然能自信十足地說出這種話。

這傢伙似乎對自己是個帥哥一事深信不疑。

不過，要是說他生得一張駱駝臉，德斯帕肯定會動怒，現在還是力求和平解決吧。

「……跟那傢伙相比的話，或許是這樣沒錯。」

總之，我試著以模稜兩可的感想回應他。

「在孩提時代，我還挺有異性緣，但兄長卻完全不受異性歡迎。我常常看到他躲起來暗自哭泣，也因此感到心疼……」

德斯帕露出像是在緬懷過往那種眺望遠方的眼神。

這傢伙的家裡一定沒有鏡子──絕對是這樣沒錯。

「比起這個！」

為了將沉浸在自己的世界裡的德斯帕拉回來，我努力將對話導回正題。

「無論是什麼樣的人，你都能讓他們變強對吧？我還聽說你曾經讓一個凡人升格成國王喔！」

「跟你說的意思不太一樣呢。他雖然是個才能平庸的凡人，卻擁有一樣很重要的東西。」

「很重要的東西？」

「那就是……勇氣！」

德斯帕以堅定的語氣回答。

「前進的勇氣、面對困難的勇氣、信賴他人的勇氣、相信自己的勇氣……儘管周遭的人總是瞧不起他，把他當笑話看，他仍然相信自己，靠自己思考、行動、持續往前邁進。」

聽完這番話，我湧現的感想是——跟波吉好像啊。

就算被當成傻子、就算被嘲笑，也從不氣餒，繼續努力向前，這完全就是在說波吉嘛。

剩下的問題，就在於波吉有沒有勇氣——不過，事到如今，這根本用不著擔心。

因為說到勇氣，波吉可不會輸給任何人。

儘管力量絕對敵不過戴達，他仍以王者之劍應戰。

就算王位被搶走，他也從未放棄成為國王的夢想。

這樣的波吉，勇氣不可能不夠。

「不知不覺中，人們開始聚集到他的身邊，最後形成一個王國。我只是給了他能夠變強的最佳建言罷了。」

「那麼，你也給波吉能夠變強的建言吧！」

「意思是……要我收他當徒弟？」

「沒錯！」

聽到我這麼說，德斯帕緩緩伸出一隻手，在我面前反覆將掌心握住又打開。

「……要收錢嗎？」

「這當然了，我也有生活要過、有很多想買的東西啊。」

德斯帕別過臉去，有些難為情地這麼催促。

「沒問題！我都準備好了！」

說著，我從嘴裡吐出一個裝滿金幣的袋子，從裡頭掏出金幣亮在德斯帕眼前。

德斯帕瞬間眉開眼笑，但隨即又一臉認真地確認袋子內部，搖了搖頭。

「唔……光憑這些是不夠的呢。」

真的假的啊？我以為這已經是一筆大錢了。

「可是，貝賓只有給我這些……嘖，不然……」

我又陸陸續續吐出許多東西，都是我至今偷來然後藏在體內的物品。

「哦……」

德斯帕深感興趣地審視這些東西。

「小孩子的衣服，還有魔法藥水啊。唔……很遺憾的，這些東西對我來說沒有半點價值……唔唔？」

看到我最後吐出來的那只寶箱，德斯帕隨即伸出手。

「太……太棒了！」

「這些是我全部的財產啦！」

雖然大部分都是從波吉的國家偷來的贓物就是。

「我明白了！我接下你的委託！」

將寶箱揣在懷裡的德斯帕露出滿面笑容這麼表示。

我和波吉互望彼此，接著一起做出雙手握拳的勝利姿勢。

德斯帕領著我們走進他家。

「請在這個家裡放鬆休息吧，想要修行，得先有一顆從容不迫的心。」

「先別管這個！波吉能成為一名強大的國王嗎？」

德斯帕在得到寶箱後，突然開始把身段放得很低。面對他這樣的轉變，我不禁感到些許不安。

「嗯？哎呀，應該沒問題啦！」

「等……等一下！你別說得這麼簡單啊！」

我總覺得德斯帕的結論聽起來很草率。

雖然擔心他這句話的真實性，我們仍跟著德斯帕走進房屋深處。

來到飯廳般的房間後，德斯帕將寶箱擱在桌上，然後催促波吉在椅子上坐下。

「請你坐在那裡，然後伸出雙手。」

「你要做什麼？」

「我能夠看見一般人看不到的東西，說是能『感覺到』或許比較貼切吧……」

說著，德斯帕以掌心溫柔包覆住坐在椅子上的波吉的雙手，再將那雙手緩緩拉向自己。

之後，他沒有再開口，只是閉上眼睛默默地握著波吉的手。

我和波吉也老實地默默看著這樣的他。

半晌後，德斯帕睜開雙眼，露出一臉像是吃驚、又像是失望的奇特表情。

「什麼？你怎麼啦？」

「他……沒有膂力。」

「……膂力是什麼？」

這兩個字對我來說很陌生。

「就是肌肉，沒想到會有這種事……」

「沒有膂力又怎樣啦！你用我們也能明白的方式說明啊！」

聽到我焦急的催促，德斯帕的表情變得有點悲傷。

「雖然難以啟齒，不過……今後，無論波吉再怎麼鍛鍊，也不可能獲得強大的力量。」

「怎麼會這樣！」

我錯愕不已，這比被德斯哈否定時的打擊更強烈。

「他絕對無法成為伯斯王那樣的豪傑。」

從唇語理解德斯帕的發言後，波吉垂下頭來。

（都已經來到這裡了，結果竟然是這樣嗎！波吉他……波吉他一定會變強！沒問題的。要是我不相信他，誰來相信他呢！）

「應該還有什麼方法吧？讓他變強的方法！」

「讓波吉的力量變強的方法嗎？這種方法不存在……因為他原本就沒有力量。」

德斯帕以平靜而殘酷的語氣斷言。

我還愣在原地的時候，坐在我對面、沮喪地垂下雙肩的波吉從椅子上起身，踩著有氣無力的步伐準備離開。

「等一下。」

德斯帕繞到波吉的正面制止他。

「我已經收下你們的酬勞了，所以一定得把你變強。再說……就算沒有力量，我們還是具備各種可能性喔。」

這句話讓波吉原本消沉不已的表情慢慢恢復活力。

「不要緊，你能夠變強的……比任何人都要來得強。」

像是為了讓波吉放心那樣，德斯帕以溫柔無比的語氣這麼說。

他的表情看起來不是在安撫或安慰波吉，而是真的相信波吉會變強。

「好耶！」

聽到德斯帕這麼掛保證，我實在興奮極了，忍不住撲上前抱住他，然後握住他的手大力搖晃。

波吉朝這樣的我走近，悄悄替我拭去眼角的淚水。

連我自己都沒發現，我竟然因為太開心而流下了淚水。

「謝謝！謝謝你！你很厲害呢，大叔！」

「誰是大叔啊！叫我德斯帕先生！」

「是！德斯帕先生！」

現在，不管要我叫你德斯帕大人還是德斯帕閣下，都沒有問題啦！

「很好。那麼，我們明天就開始特訓。為了迎接明天到來，我要先養精蓄銳。你們就待在我的家裡好好休息吧。」

說完，德斯帕先生便抬起寶箱走出房間。

（啊啊，這樣一來，波吉就能改變了嗎……有來這一趟真是太好了……）

沉浸在滿足感裡頭的我，和波吉對上視線。

他滿是期待的眼神，彷彿在說「接下來要好好努力！」

然而──

「你的臉……是怎麼了啊……」

這天晚上，我用家中的食材煮了一鍋燉菜，正在飯廳裡和波吉一起享用。

這時，房屋外頭傳來東西被弄倒的聲響，接著，飯廳的門被人打開。

出現在門後的──是變得鼻青臉腫的德斯帕先生。

「在酒場發生了一點事……」

他整個人搖搖晃晃的，感覺連站著都很勉強。

「我揍了一個取笑我是駱駝臉的男人！哼哼！結果我們倆就打起來了。」

德斯帕先生邊說邊擺出打拳擊的姿勢，但我不認為他當下有這麼帥氣地應戰。

「你被打得慘兮兮的耶～」

「呆瓜！對方的臉可是比我的更要傷痕累累！因為我把他痛毆了一頓！」

「……德斯帕先生，你該不會其實很弱吧？」

原本咻咻咻做出揮拳動作的德斯帕先生，在聽到我這句話之後僵住。

「……你……你太失禮了！問這種問題真的失禮至極！」

沉默了半晌後，德斯帕先生開始發脾氣。

「真令人不悅！我要去睡覺了！你們也早點睡吧！明天要從早上開始做打掃之類的雜務，之後再接著特訓！」

語畢，鬧起彆扭來的德斯帕先生走出飯廳。

（……他果然很弱嗎？）

我總覺得有點不安。

「波吉，你沒有打掃過吧？這種雜事交給我……你專心跟德斯帕先生學習就好。」

為了不讓波吉擔心，我故作鎮靜地這麼說。不過——他想必已經看穿我內心的不安了吧。他可是波吉呢。

（就算這樣，我現在能做的，也只有從旁協助波吉，好讓他專心接受特訓而已。）

之後，我便和波吉一起在德斯帕先生家的客房睡下。

—•—•—•—•—•—•—•—•—•—•—•—

早上，我被一股難聞到極點的惡臭給熏醒。

「這是什麼味道啊！」

這已經遠超過讓人想捏起鼻子的程度了，幾乎臭得令人頭暈目眩。我望向一旁，沒看到波吉的蹤影。

我衝出客房，朝氣味強烈的方向走去，然後在半路遇上德斯帕先生。他似乎也是被這股刺鼻的味道熏醒。

臭味是從廚房傳出來的。

我們渾身無力地踏進廚房，結果看到波吉正在攪拌爐灶上的大鍋子。

「你學會做菜了啊？」

面對我倍感意外的提問，波吉以笑容回應。

他催促我和德斯帕先生在餐桌前坐下。

隨後，他端過來的——是一鍋很不妙的燉菜。

一切都超級不妙。

首先，顏色很不妙，鍋裡是紫色、褐色和綠色三種顏色混雜的狀態。

其次是食材很不妙，被丟進鍋裡的它們是未經任何處理的狀態。諸如整顆或整根完整的蔬菜，還有連殼一起下鍋的雞蛋。

最重要的是，聞起來的味道很不妙，這不是食物該有的氣味。

我和德斯帕先生對看了一眼，然後一起望向波吉。

他則是睜著一雙彷彿在說「你們快吃吧！」的閃亮亮大眼。

這樣的波吉率先舀起一口燉菜放進嘴裡。

接著露出因為品嘗到美食而幸福洋溢的表情。

「……撇開外觀和氣味的話，這鍋燉菜似乎很美味呢。」

「……就是啊！」

沒錯。波吉難得為我們下廚耶，只是外觀和氣味有點嚇人而已。

「啊～」

我跟德斯帕先生同時舀起燉菜放進嘴裡。

然後在下一刻後悔莫及。

「嗚哇～」

我們倆從椅子上滾落地面，卯足全力將嘴裡的東西吐出來。

波吉以一臉不解的表情看著這樣的我們，接著又吃了一口燉菜。

（抱歉，波吉……我這次真的沒辦法挺你了……）

「為什麼波吉完全沒受到影響……」

德斯帕先生一邊喘氣，一邊這麼叨念，然後搖搖晃晃地爬起身。

「吃下這種宛如劇毒的食物，還能一臉若無其事……等等，毒素對他起不了作用，就代表……我記得家裡有……」

說著，他踏著不太穩的腳步走出飯廳。

片刻後，他拿著一本書回來。

「這裡……」

在我和波吉忙著清理潑濺出來的燉菜時，德斯帕先生指著書中的一段描述給我們看。

「伯斯王是巨人族，所以身為王子的波吉同樣是巨人族。巨人是幾乎能直接生吞所有東西的大胃王。因此，他們的胃袋相當強健，大部分的毒物都無法對他們起作用……上頭這麼寫著。」

「毒物無法對他起作用——啊！」

「沒錯，他的味覺異於常人。對他來說，無論是多麼美味的餐點，或是多麼難吃的餐點，嘗起來都是同樣的味道。」

真的假的啊？

「聽好嘍，卡克，絕不能讓波吉下廚！這攸關我們的生命安全。」

「了解！」

明明是為了保護波吉才跟他同行，要是被他毒殺了，可讓人笑不出來。

「所有的雜事統統包在我身上。所以，就拜託你替波吉進行特訓嘍，德斯帕先生。」

在我們三人吃完我重新準備的早餐後。

「那麼，開始吧。」

德斯帕先生領著我和波吉來到房子的深處。

「想要變強，必須先徹底了解自己，然後再了解自己的對手……人們可以透過武器，讓自己變得強大好幾倍。而持有武器，也有助於了解自己。首先，你得找到適合自己的武器。」

我們來到一扇巨大的門前。

「這裡是武器庫。卡克，請你在外面等我們。」

語畢，德斯帕先生便帶領波吉走進大門另一頭。

（選武器啊……）

不過，這世上真的有波吉也能用的武器嗎——雖然說這種話有點對不起波吉，但我真的很懷疑這一點。

波吉甚至連兒童用的劍都無法好好揮舞。想打倒體型龐大的敵人，勢必需要一把巨大而強力的武器——但波吉無法使用這樣的武器。

就算要他挑選，波吉又有多少選擇呢？

（還是說，有什麼波吉也能輕鬆運用的特殊武器存在？真的會有這麼方便的東西嗎？）

我一邊胡思亂想，一邊在外頭繼續等待，就這樣過了好一段時間。

武器庫的大門再次敞開，波吉和德斯帕先生從裡頭走了出來。

但波吉是兩手空空的狀態。

「德斯帕先生！波吉選擇了什麼樣的武器？」

「呵呵呵……我果然沒有看走眼，波吉今後想必會變得更強。」

德斯帕先生以很滿足似的表情點點頭。

「你這麼說我也聽不懂啊！說得明白一點嘛！」

「這個嘛……」

德斯帕先生閉上雙眼，開始回憶方才的經過。

「一開始，波吉果然還是被巨大的寶劍和斧頭吸引了目光。畢竟這些武器看上去就很強。如果能完美運用這樣的武器，確實能讓人變強，不過……波吉其實也很清楚自己的能耐。」

「所以，他沒選擇那種巨大的武器嘍？」

「是的，但波吉最後有確實做出選擇……那是一把最適合他的武器。」

「是什麼樣的武器？別賣關子了，快告訴我啦！」

儘管我急切地追問，德斯帕先生卻只是哼哼笑了兩聲，然後搖搖頭。

「現在還是祕密。等到波吉能夠靈活運用那把武器後，我再告訴你吧。」

「什麼啊！」

總覺得好像只有我被排擠了耶。

這時，波吉靠過來握住我的手。

我一定會變強的——我彷彿聽到他這麼說。

「嗚嗚……既然連波吉都這麼說，我不是只能相信了嗎……」

我按捺住內心浮現的些許落寞。

此後，波吉的特訓正式開始。

—•—•—•—•—•—•—•—•—•—•—•—•—

我沒辦法觀看波吉特訓的過程。

因為德斯帕先生表示希望能讓波吉專心鍛鍊，我只好轉而埋頭處理家中的雜務。為了讓波吉跟德斯帕先生徹底專注在鍛鍊上，諸如煮飯、洗衣、打掃或是外出採買等工作，我全都一個人攬了下來。

波吉白天一直都在鍛鍊，所以，我能和他共度的，就只有早上和晚上的短暫時光。

早上起床吃完早餐後，他必須馬上開始鍛鍊；鍛鍊到晚上結束後，波吉早已整個人精疲力盡，幾乎是一沾到床就深深睡去。

至今，我還不知道波吉用的是什麼樣的武器，又是進行什麼樣的鍛鍊。

為了讓我安心，德斯帕先生曾這麼要求：

『獨自煩惱、思考、然後專注磨鍊自己的能力……孤獨感也是將人導向成功的調味料之一呢。不過，要是波吉感到挫折，請你什麼都不要過問，只管讓他打起精神就好。』

聽到他這番話，我不假思索地點頭同意。

因為，我早就下定決心了。只要能成為波吉的助力，要我做什麼我都願意。

就這樣，不知道過了多久的時間。

某天早上，我在打掃的時候，突然聽到一聲巨響。

至今，我也聽過訓練場幾次傳來巨大的聲響，但像這樣足以撼動整個身子的衝擊，倒還是頭一次體驗到。

我連忙趕到訓練場外頭，敲打緊閉的大門。

「喂！怎麼啦？剛才有個好大的聲音耶，沒事吧？」

片刻後，德斯帕先生將大門打開一道縫隙，從裡頭望向我。

「沒事，沒問題的。」

「沒問題就好……」

話說到一半的時候，我看見了。

隔著德斯帕先生的身體，我從大門縫隙稍微窺見了訓練場裡頭的情況。

我看到了波吉的背影。

波吉的視線所及之處——是一塊從中間裂成兩半的巨大岩石。

中場休息·伯斯王

一切都始於伯斯王的一個願望。

『我想成為這個世上最強的男人。』

一心想實現這個願望的他，和魔神締結了契約。

魔神向伯斯要求兩樣東西作為回報。

其一是伯斯本人的壽命。

其二是做為力量來源的他的孩子。

伯斯可以毫不猶豫地獻上自己的性命，但他無法交出自己的孩子。因為那時的他還沒有孩子。

於是，他向同為巨人族的女性席娜求婚。跟伯斯一樣，她也是追求強大力量之人。

娶席娜為妻後，過了一年的時間。

原本在跟大量魔物搏鬥的伯斯，突然感覺整個身子湧現了力量。
那是他至今從未感受過的亢奮和滿足。
以這股源源不絕的力量撂倒所有魔物後，伯斯明白了。
他跟魔神的契約實現了，終究還是實現了。
一如伯斯的預感，返回席娜身邊後，迎接他的是妻子和剛出世的小嬰兒。
那孩子的體型，嬌小到令人難以想像他是巨人族的嬰孩。
這孩子與生俱來的力量，真的全都被魔神給奪走了——伯斯理解了這一點。
所以，他立下誓言。
他要打造一個能讓這孩子自由生活的國家。
他要打造一個富庶的大國，即使沒有力量，也不會為生活帶來任何困擾的國度。

—・—・—・—・—・—・—・—・—・—・—・—

占據了戴達肉體的伯斯，坐在被月光照耀的王座上。
這個一片靜謐的現場，只有他、阿庇司和捧著魔鏡——米蘭喬的家臣。

「……伯斯陛下。」

米蘭喬開口。

「您想知道現在世上最強的人是誰嗎？」

「……不是我嗎？」

「請念出咒語吧，伯斯陛下。」

米蘭喬對露出訝異表情的伯斯這麼說。

於是，伯斯走到魔鏡面前高聲問道：

「魔鏡啊、魔鏡！誰是這個世上最強的人？」

像是回應他的提問那樣，鏡中的身影開始搖晃、扭曲。

原本模糊的輪廓和人影，慢慢改變形體，成為另一個模樣。

出現在鏡中的——是波吉。

「哼……哈哈哈哈！哈哈哈哈哈哈！」

伯斯不禁大笑出聲，那是毫無顧忌的爽朗笑聲。

他沒能馬上定義此刻湧現於胸口的情緒。

是震驚？焦急？憤怒？亦或是喜悅？

不過，有一點他能確定的是——

「如何？您的心情有舒暢一些嗎？」

「嗯！有趣！真是有趣！」

沒錯——自己並非世上最強之人的事實，令他愉悅得不得了。

「伯斯陛下……我接下來要殺死希琳，您沒有異議吧？」

米蘭喬唐突地這麼表示，那是不帶一絲熱度、一如往常那樣缺乏抑揚頓挫的嗓音。

聽到這句話的阿庇司表情瞬間僵住。

但伯斯不同。

「……是過去的那個約定嗎？」

殺死王妃——儘管聽到米蘭喬這麼說，伯斯回應的語氣卻很平靜。

「是的。」

米蘭喬向捧著魔鏡的家臣打了個暗號，在家臣的眼神示意之下，四個身影從灑落的月光後方現身。

那是外型和獅子相似的魔獸，有著遠超過人類的巨大軀體，以及尖牙利爪的牠們，從喉頭發出低吼聲威嚇伯斯。

「妳打算讓這些魔物去攻擊她啊。牠們強嗎？」

「當然。」

米蘭喬毫不遲疑地回答伯斯帶點挑釁意味的提問。

「哦……我來瞧瞧。」

伯斯拿起棍棒，走到其中一頭魔獸前方。

魔獸的身體比戴達要大上好幾倍，不過，他握在手中的棍棒，也有著超過魔物體型的大小。

被伯斯盯上的魔獸進入備戰狀態，牠似乎察覺到眼前這個人有著無法以外表來判斷的強大力量。

先採取行動的是伯斯。他粗魯地舉起棍棒，然後揮下。

魔獸俐落迴避了這一擊。接著，牠迅速地左右移動，企圖以此混淆伯斯的判斷，然後在下一刻撲向他的喉頭。

不過，這樣的伎倆對名為伯斯的男人不管用。

他以壓倒性的力量再次舉起棍棒，使出一記橫掃。

高速的這一擊，輕易粉碎了魔獸巨大的身軀。

牠的骨頭碎裂，內臟也受到致命性的破壞。

伯斯一擊就讓這頭魔獸沒了性命。

剩下的三頭魔獸為伯斯的魄力心生恐懼，紛紛垂下頭趴在地上，以示臣服之意。

「抱歉啊，米蘭喬，我的血液久違地沸騰了。」

坐回王座上後，伯斯重重嘆了一口氣。

「我允許妳……執行暗殺希琳的計畫。」

伯斯以極其平靜的語氣這麼說。

—•—•—•—•—•—•—•—•—•—•—•—

霍庫洛試著盡到最後的忠誠。

他沒能拯救波吉，也沒能殺死多瑪斯。

這樣的他，最後能完成的任務，就是向希琳稟報波吉之死。

當然，他很清楚這麼做會讓自己遭受責罰，也早已做好被重罰的覺悟。

不過，既然當初是自己決定要和波吉一同踏上旅程，他就應該盡忠職守到最後一刻。這便是霍庫洛的決定。

我要把你大卸八塊——聽聞波吉的死訊，希琳的怒氣一發不可收拾。

此刻，霍庫洛被綁在柱子上，沐浴在周遭眾人的目光之下。

希琳、德魯西和眾多士兵包圍著他。

自己接下來就要被處刑了——霍庫洛靜靜閉上雙眼，讓心情穩定下來。

「波吉殿下……媽媽……我現在就去見你們……」

當廣場上每個人的視線都集中在霍庫洛身上時，多瑪斯從暗處悄悄現身。他遮掩住被砍斷的右手，以左手握著木刀窺探著廣場上的情況。

「我為什麼會在這裡呢……」

過去，多瑪斯打倒了一度對自己出手的霍庫洛，但並沒有殺了他。

他替霍庫洛治療，也曾阻止霍庫洛返回王城向希琳稟報。

現在，他則是為了救下即將被處刑的霍庫洛，而在這裡靜待時機。

自己為什麼要為霍庫洛做到這種地步呢——這一點，就連多瑪斯本人也不明白。

（我想必是……羨慕那傢伙一心一意又直率的個性吧。）

多瑪斯模模糊糊地這麼想。

對波吉的忠誠心、對希琳的忠誠心——看在現在的多瑪斯眼裡，霍庫洛展現出來的過於耿直的信念，實在是太耀眼了。

或許，我也想變成他那樣吧——多瑪斯姑且用這個結論說服自己。

「實力高強的人，就只有德魯西嗎……」

如果他現在衝進廣場，難纏的對手就只有德魯西而已。其他士兵應該三兩下就能解決掉。

時機到來了。

圍繞著霍庫洛的士兵們，舉起手中的長槍對準他。

以頭巾遮住長相的多瑪斯衝進廣場裡。

「怎……怎麼回事！」

看到多瑪斯闖入，士兵們一時慌了手腳。多瑪斯直接衝入他們之中。

他無視停下腳步的士兵，只以木刀擊退擋路的士兵。

多瑪斯輕鬆避開士兵反擊的長槍，只是一股腦地朝霍庫洛衝過去。

無人能夠阻止宛如怒濤般來襲的他。

「你們還在做什麼！快點處死那傢伙呀！」

希琳開口催促士兵們。

然而，因為事出突然，在場的人陷入一片混亂。

「哼！」

趕到霍庫洛身邊後，多瑪斯用力扯斷綁在他身上的繩索。

扯斷繩子的力道，讓霍庫洛整個人飛向半空中，但多瑪斯順利將他接住，一把扛在肩上。

「啥！啥？」

搞不清楚狀況的霍庫洛拚命掙扎，但多瑪斯沒有停下腳步。

救下霍庫洛後，他隨即從剛才走來的方向往回跑。

士兵們只能眼睜睜看著他離開，已經沒有人能夠阻擋他的去路了。

除了一個人以外。

「！」

突然察覺到危險的多瑪斯停下腳步。

下個瞬間，一道衝擊劃過他前方的地面，揚起漫天土塵。

出現在眼前的人是戴達。

「來者何人？」

戴達——伯斯開口問道，他犀利的眼神貫穿了多瑪斯。

（戴達陛下！不對……感覺不是……）

儘管外表看起來是戴達，多瑪斯卻怎麼都不覺得眼前的人物是戴達。

（這種魄力、還有霸氣……簡直就像是……）

眼前的戴達給他的印象，跟過去伯斯王給他的感覺如出一轍。

「不回答嗎……那麼——」

伯斯揮下棍棒。

要是直接命中，絕不會只有受傷那麼簡單的一擊——不過，多瑪斯以木刀撥開棍棒揮來的方向。偏移目標軌道的棍棒最終揮向半空中。

「……是多瑪斯啊。」

（被他發現了！）

多瑪斯重新舉起木刀。

現在必須盡快帶著霍庫洛逃離這裡才行——被逼急的多瑪斯開始思考逃脫手段。

不過，他的這一步走錯了。

伯斯不知何時再次高高舉起的棍棒，此刻正直接朝著他揮來。

多瑪斯及時以木刀防禦，然而，這並非是他能夠阻擋的一擊。

棍棒輕易地將木刀彈飛，命中多瑪斯的腹部。

多瑪斯的身體像枯葉那樣在半空中飛舞。

「咳哈！」

落地所帶來的衝擊，將空氣從多瑪斯的肺部擠壓出來。他無力動彈，只能按著自己的腹部，痛得在原地蜷起身子。

伯斯朝這樣的他走近，一把扯下他用來遮掩長相的頭巾。

是多瑪斯大人——眼前的景象讓士兵們大為震撼。

更震驚的是希琳。

對她來說，多瑪斯跟霍庫洛同樣都是沒能好好保護波吉的逆臣。

「德魯西！快殺了多瑪斯！死刑！死刑！」

「希琳殿下，但是……」

希琳完全聽不進德魯西的安撫，只是不停嚷嚷著死刑兩個字。

「安靜！」

伯斯的高聲一喝響遍整個廣場，希琳和陷入一片混亂的士兵，也終於因此冷靜下來。

「波吉沒死，他平安無事！」

「怎麼會！」

在場者無一不懷疑自己的耳朵，希琳、德魯西和士兵都是。

當然也包括多瑪斯和霍庫洛在內。

「波吉目前正在冥府修行，所以無須判此人死刑！不過，我要解除他的職務，將他趕出王城！」

聽到這突如其來的判決，多瑪斯和霍庫洛完全無法理解。

（為什麼……我確實有把波吉殿下推下地獄之門，可是……）

波吉卻還活著，這是怎麼一回事？

而戴達陛下又為何知道這件事？

真要說起來，那真的是戴達陛下嗎？

在腦中浮現的各種疑問，擾亂了多瑪斯的思緒。

在這種狀況下，自己所能做的是——

（看來，我們還能再活一下子了。）

此刻，多瑪斯只想好好感受自己還活著的真實感。

第五章・王子的劍

波吉將那塊大岩石劈成兩半了嗎——自從在訓練場目睹到那樣的光景，我便一直在思考這個問題。

現在，在打掃院子的同時，我的腦中也有各式各樣的問題在打轉。

（連兒童用的劍都無法好好揮舞的波吉，到底要怎麼……）

要劈開岩石，想必需要很大的力氣。我能想到的，大概只有用槌子擊碎岩石這種方式——但波吉不可能舉起那麼笨重的武器。

（武器……武器啊？會是什麼呢……）

我還沒聽波吉說他在那個武器庫裡選擇了什麼樣的武器，德斯帕先生也不肯告訴我。

在時機成熟之前，必須先保密——因為德斯帕先生這麼說，我就沒有特別去問波吉。

怎麼想都想不透呢。

「卡克。」

「啊哇！」

背後突然傳來呼喚我的聲音。

「是德斯帕先生啊，波吉也在。別這樣嚇我啦……」

波吉和德斯帕並排站在我身後。今天的訓練已經結束了嗎？

「先不說這個，今天不需要準備晚餐嘍。為了慶祝波吉學成出師，我們去外頭吃吧。」

「學成出師？」

感覺是個很不得了的成就耶。波吉確實是每天從早到晚都很努力地在鍛鍊啦，但

——

「……噯，這該不會是用錢就買得到的那種稱號……」

「你真失禮！」

「可是……」

因為德斯帕先生很愛錢啊。

「我確實很喜歡錢，但可不會因為這樣，就隨便讓我的徒弟學成出師！」

德斯帕先生面紅耳赤地跟我抗議。

不慎將自己愛錢這一點說溜嘴，也很像德斯帕先生的作風呢。

不過，既然他不小心說出真心話，那他說波吉已經學成出師一事，一定也是真心話吧。

「……知道了，我相信你。那麼，波吉學成出師的成果是什麼？」

「這個嘛……要說的話，應該是德斯帕奧義吧。」

德斯帕奧義——聽起來有種帥氣跟土氣並存的感覺。

「所以，波吉確實有變強嘍？」

我這樣向德斯帕先生再次確認，他回以一個遊刃有餘的笑容。

「那當然了。」

說著，德斯帕還拍了一下波吉的背以示證明。

（乍看之下，波吉沒有什麼改變耶……）

他矮小的身高和瘦弱的軀體都沒有出現任何變化，若是只看外表，就跟過去的波吉沒什麼兩樣。

不過，他給人的感覺確實和以往不同了。
他的眼神變得堅毅，笑容則有種從容的感覺。
散發出滿滿的、不容質疑的自信。
「噯！讓我看看你變得多強了吧！」
聽到我的要求，波吉不假思索地點頭。
但一旁的德斯帕先生卻開口制止。
「還不行！現在要展示成果還太早了！」
「嘖……什麼啊……」
到現在這還是他們兩人的祕密嗎？差不多也該讓我加入了吧。

之後，我們開始做外出吃飯的準備。
先到房子外頭等待的我，看到波吉和德斯帕先生走出來。
「波吉，你那是……」
我看到波吉的腰間插了一把劍。
「這不是劍嗎！原來你的武器是一把劍啊，波吉！」

明明連兒童用的劍都無法好好揮動的他——這就是鍛鍊的成果嗎？

「不過，尺寸看起來挺大的耶，你真的能用這把……」

聽到我的喃喃自語，波吉從腰間抽出劍鞘。

然後用力揮舞這把收在劍鞘裡頭的劍。

「喔，好厲害！」

這是過去那個手無縛雞之力的波吉不可能做到的動作，我不禁吶喊出聲。

聽到我倍感意外的稱讚，有些得意忘形的波吉更用力地開始揮劍。

結果——

咻！

被他大力揮舞的劍鞘和劍身分離了。

我意外看到了波吉選擇的那把最強武器的真面目。

雖然看到了——

「咦？咦咦咦咦咦——」

原本應該是劍身的部分卻不見劍刃，只有一根從劍柄延伸出來的細針。

「這……這像一根針的武器是什麼啊！詐欺！為了騙我波吉有變強，你們竟然不惜說這種謊話……真差勁！」

我明明這麼相信你們，這麼相信波吉能變強。

這是為了讓波吉學會詐欺的訓練嗎？這樣怎能算得上有變強啊！

「你自顧自地嚷嚷些什麼呢。」

在我因為滿心期待被徹底背叛，而忍不住大發脾氣的時候，一旁的德斯帕先生插嘴了。

「這不是詐欺，也不是在說謊，而是虛張聲勢。」

「還不是一樣！」

德斯帕先生一臉若無其事的模樣，讓我氣得牙癢癢。

看到我憤怒地大吵大鬧的模樣，波吉沮喪地垂下頭。

糟糕，我說得太過火了。

不不不！如果是該說的話，就要好好說出來才行啊！

「聽好嘍。」

德斯帕先生對著憤怒的我和沮喪的波吉開口。

「波吉，你今後還會被別人瞧不起幾千幾萬次。每當這種時候，你都要懷疑自己，變得意志消沉嗎？」

他先直直望著波吉這麼問。

德斯帕先生的眼神看起來非常認真。感覺不是單純在激勵波吉，而是試著跟他的內心對話。

「另外，卡克。」

接著，德斯帕先生直直望向我。

「放心吧，波吉的本事是無庸置疑的。更何況……要是連你都懷疑他，那還有誰來相信他呢？」

嗚——他說得沒錯。

必須比任何人都更信任波吉的我，卻頭一個質疑他的能力。

竟然還要德斯帕先生提醒，才想起這一點，這樣怎麼有資格當波吉的朋友呢？

「……波吉！抱歉，剛剛那樣懷疑你！」

聽到我這麼說，波吉的表情終於開朗了起來。

「那麼，我們去吃飯吧！」

在德斯帕先生帶領下，我們三人一起出發。

「可是……那種像細針一樣的劍，真的能用來戰鬥嗎？」

在餐點一道道被送上桌的時候，我忍不住這麼詢問德斯帕先生。

我並非還在對波吉變強一事存疑。

我只是單純感到好奇。因為我實在無法想像那種像細針的劍，要怎麼用來打倒敵人。

「不用擔心！根據我的理論，波吉是無敵的！」

無敵啊——能自信滿滿地這麼說是很好，但我希望德斯帕先生能告訴我他的依據為何。

不過，一旦發生必須讓波吉應戰的情況，就能明白了吧。

現在，我選擇放棄思考這種困難的問題。

「那麼，恭喜波吉學成出師，習得德斯帕奧義……乾杯！」

「乾杯！」

我和波吉配合德斯帕先生將杯子舉起，三只杯子同時發出清脆的碰撞聲。
好，開動吧——正當我這麼想的時候。
「德斯帕奧義？那是啥玩意兒啊？」
我聽到一個瞧不起人的嗓音。
我朝聲音傳來的方向望去，發現是三個坐在其他桌的壯漢。
「你們是……之前故意跟我找碴的……！」
「長男阿暴！」「次男阿力！」「三男阿狂！」
「我們是暴力狂三兄弟！」
說著，這三人還擺出了奇怪的姿勢。
（這些傢伙……就是他們把德斯帕先生打得鼻青臉腫？）
這樣的話，這三兄弟應該還挺強的吧。
「這兩個傢伙是幹嘛的？」
長男俯瞰著我和波吉開口。
「是我的劍術徒弟。」
「劍術？」「徒弟？」

次男和三男以一臉看笑話的表情靠近，細細打量我和波吉的臉。

「你說這兩個小不點？」

說著，三人哈哈大笑起來，感覺是徹底把我們看扁了。

「這些傢伙……」

「好啦好啦，別理他們。」

德斯帕先生一邊安撫怒火中燒的我，一邊繼續以不把他們當一回事的態度用餐。

「真不愧是德斯帕先生，你好沉著喔。波吉也是……不理睬這種人，才是成熟的對應方式嗎？」

好，我也要這麼做。

我仿效他們，無視這三人，然後繼續吃自己的飯。

然而，我們這樣的態度，讓三兄弟不太開心。

「收這種弱不禁風的傢伙當徒弟啊！跟駱駝臉的你感覺很相配嘛！」

這麼揶揄德斯帕先生後，他們再次放聲大笑。

但德斯帕先生依舊保持沉默，這三人的挑釁對他完全起不了作用呢。

他果然很厲害——呃，咦？

德斯帕先生怎麼一臉憤恨咬牙的表情？

而且雙手還微微顫抖呢。

此外——他的眼神看起來超可怕的。

「哼哈！」

下一秒，德斯帕先生狠狠揍了長男一拳。

後者被他打飛出去，還因此撞倒了一堆桌子。

「德斯帕先生！」

「你可以說我徒弟的壞話，但不准說我的壞話！」

「反了吧！」

那個冷靜沉著的德斯帕先生，現在連半點影子都沒了。

「你……你竟敢打我……」

「放馬過來！」

長男和德斯帕先生進入對峙狀態。

這想必會是一場激烈的對決吧——我這麼預測。

然而——

「喝啊～」

德斯帕先生他——超弱的。

挨了長男的拳頭後，他痛得倒在地上，結果又被次男和三男毆打。

緊接著是亂拳伺候。

「也太弱了吧！」

他單方面挨打到令人感到可悲的程度。

「給你最後一擊吧！」

長男朝德斯帕先生揮出他使盡全力的一拳。

但在下一刻，被打飛的不是德斯帕先生——而是波吉。

為了保護德斯帕先生，波吉及時介入兩人之間，但身型瘦小的他完全無法充當德斯帕先生的肉盾。

「波吉！」

我連忙趕到跌進一堆木箱裡的波吉身旁。

幸運的是，他看起來沒有受什麼嚴重的傷。

「你意外地很耐打耶……」

波吉對我露出一個像是在說「放心吧」的笑容，撿起掉在地上的王冠重新戴好，然後再次與三兄弟對峙。

「怎麼？你想跟我打嗎？」

三兄弟的目標從德斯帕先生變成波吉。

「……對了！波吉！拔劍吧！」

我判斷現在正是展現鍛鍊成果的時機，於是打算替波吉拿起他那把細長如針的劍。

但德斯帕先生制止了我。

「不，不需要用到劍。如果是波吉……可以赤手空拳打倒他們。」

「……德斯帕先生，你被打到腦袋不正常了嗎？」

波吉怎麼可能在手無寸鐵的狀態下打贏三個壯漢啊。

儘管如此，德斯帕先生看起來卻一臉胸有成竹的樣子。

「哎呀，你看著吧。」

在我們的旁觀下，波吉的戰鬥開始了。

「太囂張嘍！你這個小不點！」

長男接二連三地揮拳攻擊波吉。

不過，他的每一拳都沒能命中擅長閃躲的波吉。波吉不斷以從容不迫的動作迴避。

接著，波吉撲向長男的胸口，以拳頭攻擊他的下顎。

咚——那是個很細微的聲響。

「哈哈哈！這是哪門子攻擊啊！」

不用說，這一拳幾乎沒有造成任何傷害。長男看起來若無其事，彷彿根本沒有被波吉的拳頭命中。

「不行啊……就憑波吉的拳頭……咦？」

和心急如焚的我相反，德斯帕先生的臉上浮現笑容。

他看起來完全不擔心波吉，那是個已經確定波吉會取勝的從容表情。

下一刻，我終於明白為什麼了。

「喔？喔喔？嗯嗯嗯……嗯喔？」

挨了波吉一拳的長男突然開始站不穩腳步，就這樣倒在地上。

店內瞬間一片譁然，沒人知道這是怎麼一回事。

「大哥！」

次男和三男原本想趕到長男身邊，但被搖搖晃晃起身的他制止。

「你這傢伙……對我做了什麼……？」

他以痛苦的表情瞅著波吉問道。

我完全無法理解眼前的狀況。

波吉那微不足道的一拳，應該不至於讓他痛成這樣啊——

「人類的身上其實有很多弱點喔。」

在我陷入混亂的時候，德斯帕先生開始說明起來。

「下顎是能夠最有效率地撼動腦部、進而引發腦震盪的部位。波吉利用對方的蠻力來彌補自己的無力，順利擊中了他的要害……這正是波吉的過人之處！」

我聽不太懂德斯帕先生這番話的意思。

我唯一能理解的，就是眼前的波吉已經陸陸續續出拳命中三兄弟，在轉眼之間將他們全數打趴在地的事實。

「德斯帕先生！抱歉，我剛才還懷疑你！」

原來他真的有協助波吉變強呢。我不禁緊緊握住德斯帕先生的手。

不過，感動的時光也到此為止。

被波吉玩弄在股掌之間的三兄弟，現在紛紛拿起了斧頭。

「等一下！」

原本一直採旁觀態度的德斯帕先生大喊。

「既然都拿起武器了，我可以解讀成你們已經做好被殺的覺悟了嗎！」

這會是一場賭上性命的對決——德斯帕先生這麼警告。

「波吉！」

德斯帕先生將波吉那把細劍扔給他。

「拔劍！」

聽到德斯帕先生的指示，波吉露出做好覺悟的表情。

他從劍鞘裡拔出細劍。

「你……你這傢伙！」

波吉舉起細劍散發出來的氣勢，似乎讓長男相當不快。他猛地衝向波吉，朝他揮下斧頭。

兩人的身影交錯——成功避開斧頭的波吉從長男腋下鑽出。

至於長男——則是在一陣抽搐後倒地。

「他……他被波吉殺死了……」

波吉殺人了。

他變得強大到能夠殺人，應該是值得開心的一件事，但——不知為何，我總有種難過的感覺。

「……太精彩了！」

不知何時靠近長男的德斯帕先生這麼說。

「他確實暈過去了呢！」

「……暈過去？」

原來波吉沒有殺了他嗎——陷入混亂的我轉頭望向德斯帕先生。

「我來說明吧。」

德斯帕先生接下來所說的話，我其實有聽沒有懂。

他說人類身上有所謂的痛點，只要避開這些地方，就算被針刺也不會有痛覺。

想讓人暈過去，只要讓大腦暫時停止運作就好。

想讓大腦暫時停止運作，必須中斷流向腦部的血液。

波吉便是為了讓血流中斷，以細劍刺中長男的要害。

雖然他說的這些詞彙我都懂，但為什麼這麼做就能讓一個人暈過去，我還是有些摸不著頭緒。

「說得簡單一點……就是波吉可以在完全不傷害對方的情況下將他打倒。」

看到我皺眉苦思的模樣，德斯帕先生乾脆直接告訴我結論。

（這就是……波吉的過人之處……）

在不傷害對手的情況下將其撂倒——即使不殺人，也能打倒敵人。

即使弱不禁風、即使手無縛雞之力。

無論面對什麼樣的對手，都能瞄準對方的要害進攻，然後取勝。

而且絕不會錯手殺了對方——

「好……好厲害！你好厲害啊，波吉！這就是波吉之劍呢！」

這根本是為波吉量身打造的戰鬥方式。

不是以蠻力制服敵人，而是以聰明的做法取勝。

「不過，換句話說……要是波吉有這個意思，他隨時都能輕易奪走對手的性命。」

德斯帕先生輕聲說道。

（的確如此呢……）

波吉是以不會殺死對方的方式鎖定要害攻擊。

若是他想，其實也可以用置對方於死地的方式攻擊要害。這樣的做法甚至還更簡單。

要是波吉沉醉於自己的強大——

「不對吧，卡克？這跟你真正追求的強大並不一樣。」

或許是看穿我的擔憂了吧，德斯帕先生將臉靠近我問道：

「你所追求的，是能夠守護他人的強大力量……能夠鋤強扶弱的王者之劍……應該是這樣的強大才對吧？」

德斯帕先生直直盯著我，以柔和的嗓音諄諄教誨。

這時，我才終於察覺到自己的認知錯誤。

「對……對啊！可是……因為人心是很懦弱的東西……」

有一天，波吉會不會也輸給力量的誘惑呢——這讓我很不安。

「放心吧，波吉不會有問題的。因為打從一開始，我就有指導他應該秉持的精神……波吉，持劍之人的守則，其之一！」

「啊嗚啊嗚啊嗚啊嗚！」

聽到德斯帕先生一聲令下，波吉以立正站好的姿勢回答。

「其之二！」

「啊嗚啊嗚啊啊嗚！」

「其之三！」

「啊啊嗚啊嗚！」

「嗯！絕對不要忘記這些守則喔！」

啊啊——沒錯呢，波吉。

這樣的他一定不會有問題。

只要秉持這樣的信念，波吉就不會盲目追求力量。

可惡！剛才那麼擔心的我真是太蠢了。我簡直要為自己的愚蠢哭出來。

「你很優秀……真的很優秀呢，波吉……」

我想為自己懷疑波吉的行為道歉，於是朝他走近。

「真要說起來，波吉打從一開始的心態就很正確呢。」

德斯帕先生在一旁這麼掛保證。

「就……就是說啊！」

我握住波吉的手。

「你太了不起了，波吉！」

雖然這不是我能妄下定論的事，但我實在很想告訴波吉他有多厲害。

「將這些守則銘記在心的話，你的戰鬥能力就會不斷成長，身心也會跟著變得強大。這樣一來，你的人生也會變得更燦爛、更開心！」

「啊噫！」

波吉以像是在說「包在我身上」的響亮嗓音回應。

「很好！那我們繼續吃飯吧。」

沒錯沒錯，我們原本就是為了慶祝波吉學成出師而來的嘛。

我們再次坐下來好好品嘗美味的餐點。

在吃飯的同時，我仍不停稱讚波吉，我實在太想大力稱讚他了。

我自己也不太明白理由，但我想——一定是因為我相信波吉不只會成為一位強大的國王，還會是強大而溫柔的國王吧。

被我卯起來稱讚，或許讓波吉有些難為情，所以他的臉一直紅通通的。

「你簡直把他捧上天了耶……」

德斯帕先生以有點傻眼，同時卻也溫柔不已的表情望向這樣的我。

「不過……波吉其實還學會了更厲害的招式呢。只是可能沒什麼機會展現就是了。」

他補上一句聽起來含意深遠的發言。

雖然不明白他這句話的意思，但對現在的我來說，努力稱讚波吉更重要。

吃完晚餐後，德斯帕先生說他想起自己還有事情要辦，要我跟波吉先行返家，接著就不見人影了。

「那我們先回家吧！」

「啊嗚！」

我們挺著飽飽的肚皮在回家路上前進。

途中，我試著詢問波吉從德斯帕先生那裡接受了什麼樣的訓練。

他的回答內容遠比我想的更要辛苦許多。

為了培養體力，持續慢跑好幾個小時；為了提升看穿對方攻擊模式的能力，衝進群聚的烏鴉之中，花一整天的時間閃避牠們的攻擊。

德斯帕先生不是指示波吉進行全方位的修行，而是只針對他擅長和不擅長的部分集中鍛鍊。

（體力對波吉來說是不可或缺的，而他閃躲攻擊的技巧，也值得進一步磨練呢。）

德斯帕先生的指導可說是相當到位。

「……話說回來。」

走到德斯帕先生住家附近的池塘時，我突然湧現一個疑問。

「攻擊對方要害的做法，是德斯帕先生教你的。那麼，你是做了什麼訓練，才讓自己的動作變得那麼敏捷？」

「啊嗚、啊嗚啊嗚。」

波吉比手畫腳地做出蛇的動作。

「你說密茲瑪達……是那頭大蛇？」

我聽從貝賓的指示，從波吉面前消失無蹤後，他確實曾經跑到一頭大蛇居住的洞窟裡。

「哦……持續閃躲密茲瑪達彈過來的小石頭，用這樣的遊戲進行特訓啊……」

我和波吉並肩在池畔的岩石上坐下，然後繼續聊天。

「不要仰賴視覺，而是集中精神在其他感覺上，感受對方所使用的武器，以及空氣的震動，然後閃避……是嗎？這隻大蛇講解的技巧也太高段了。」

不過，畢竟是體型那麼龐大的蛇，牠想必已經活了很久，也經歷過各式各樣的事情了吧。

「貝賓應該也知道密茲瑪達協助你進行鍛鍊的事。」

密茲瑪達曾說貝賓是牠的恩人，所以，關於訓練波吉一事，牠大概也有向貝賓報告吧。

（貝賓之所以會要波吉走一趟冥府，一定是因為知道密茲瑪達替他特訓，所以相信波吉有變強的可能性吧。）

雖然是個眼神邪惡又粗魯的傢伙，但貝賓的本性說不定還挺正直呢。

（貝賓啊……）

我想起那傢伙指示我擔任波吉護衛時說過的話。

『你要保護波吉殿下，避免他被捲入這個國家的巨大陰謀之中。』

他並沒有告訴我那個陰謀的詳情。但多瑪斯之前一度企圖殺死波吉，可見確實存在著什麼陰謀。

波吉已經不是一名弱小的王子了，就告訴他這件事吧——我這麼下定決心。

「波吉，其實貝賓還跟我說過一件事……他說你的國家目前似乎被捲入一個巨大的陰謀之中。」

聽到我這麼說，波吉將臉靠近我，雙眼也吃驚地瞪大。

「不，他沒跟我說究竟是怎麼一回事，只是命令我好好保護你……」

話說回來，我實在不曉得貝賓是站在哪一邊耶。

他要我好好保護波吉，卻又說戴達比較適合成為國王。

搞不懂的事情真的太多了。

「噯，波吉……接下來要怎麼辦？要回去你的國家嗎？」

如果看到波吉有所成長，貝賓說不定會告訴他真相。

聽到我這麼問，波吉閉上眼沉思了半晌。

接著，他輕聲道出自己的想法。

現在，他已經不知道究竟誰是夥伴、誰是敵人了。

他甚至開始懷疑，就連當初目送自己出城的希琳，會不會也是幕後黑手之一。

（他變得疑神疑鬼的呢……）

這也是無可奈何的事，畢竟波吉差點被他相當仰賴的多瑪斯殺害。

可是——

「波吉，難不成你在懷疑那個老太婆？」

我以微慍的語氣問道。

波吉先是嚇了一跳，接著有些困惑地點點頭。

所以，我以確實透露出怒氣的嗓音這麼說。

「這樣不對！你會懷疑他人是很正常的！就算懷疑我也沒關係！可是，只有那個老太婆你不能懷疑！」

因為我看見了。我親眼目睹希琳為波吉吃足苦頭、為波吉感到心痛、為波吉大發雷霆。

那傢伙對波吉沒有一丁點的敵意。

「波吉！對你來說，那個老太婆是什麼？是母親對吧！就算她不是你真正的母親，也是跟母親沒兩樣才對！」

懷疑自己的母親——這是絕不能發生的事情。

波吉似乎也察覺到我如此生氣的理由了。

他噙著淚水，向我道出自己跟希琳之間的回憶。

在希琳剛嫁給伯斯王時，波吉遲遲沒能對她敞開心房。

儘管如此，希琳仍為了雙耳聽不到的他努力學習手語、不斷嘗試和他搭話。

有一次，希琳端著蛋糕來找他，他卻轉身逃跑。

然而，希琳沒有放棄，拚命試著追上這樣的波吉。

在希琳精疲力竭的時候，波吉悄悄將蛋糕拿走，到他亡母的墳前慢慢享用。

就算這樣，希琳也完全沒生他的氣。

（對啊……母親就是這樣的存在嘛……）

「波吉！你的勇氣不夠！相信他人的勇氣！」

德斯帕先生曾經說過，想變強的話，最關鍵的東西——就是勇氣。

波吉已經擁有各式各樣的勇氣了。

不向逆境低頭的勇氣、挑戰強大對手的勇氣、接受弱小的自己的勇氣。

現在，要是他能有相信他人的勇氣——嗯，一定就會變成最強大的存在！

「……好啦，我們回去吧！」

我走在波吉前頭，朝著德斯帕先生的家前進。

我不需要確認自己想說的話有沒有好好傳達給他。

因為波吉雖然哭腫了雙眼，卻還是露出燦爛的笑容向我點了點頭。

中場休息．王國的敵人

『波吉沒死，他平安無事！』

在霍庫洛即將被處刑時，闖進行刑場的伯斯——以戴達的肉體——道出的這句發言，讓氣到失去理智、執意處死霍庫洛的希琳陷入混亂。

看穿希琳內心動搖的伯斯走到她的面前。

「希琳……眼前的人物在妳看來或許是兒子戴達，不過……我是伯斯。」

「咦？戴達，你到底在說什麼……」

看到希琳一如所料地陷入困惑，伯斯舉起原本握在手中的棍棒，以雙手抵著它的兩端，用蠻力將它壓碎。

超過一般人身高的巨大棍棒，就這樣被伯斯粉碎、變形。

伯斯不斷擠壓、搓揉棍棒，終至雙手的掌心合攏，原本的棍棒早已沒了半點影子。

火花從伯斯的掌心之間噴出，還有些許煙霧跟著飄散出來。

他對著渾身發抖的希琳伸出自己的手。

出現在伯斯掌心裡的，是一顆閃閃發光的小巧寶石。

「怎麼會！」

希琳有過這麼一段回憶。

當年，伯斯向她求婚時，也是像這樣透過擠壓、搓揉的方式，將棍棒變成一顆寶石。

「……我就是伯斯。」

伯斯再次這麼強調。

「怎麼會……竟然有這種事……如果您是伯斯陛下，那戴達呢？戴達現在人在哪裡？」

希琳這樣的擔憂再正常不過，然而，伯斯只是輕輕搖了搖頭。

「……不知道。」

「怎麼……啊啊……」

希琳臉色蒼白地暈了過去。

守在她身旁的德魯西連忙上前攙扶。

「希琳殿下！」

即使德魯西這麼呼喚，希琳仍沒有睜開眼睛。

朝這樣的她一瞥之後，伯斯只向德魯西交代了一句話，接著便離開現場。

—•—•—•—•—•—•—•—•—•—•—•—

被送回自己的房間後，躺在床上靜養的希琳，目前仍未恢復意識。

看著僕役照顧她的光景，德魯西不禁重重嘆了一口氣。

方才，伯斯和德魯西擦身而過時，曾在他耳邊這麼輕聲交代。

『有人打算派遣魔物過來殺死希琳，好好保護那傢伙。』

德魯西實在不明白他這番話的意思。

不對，他明白意思。只是，由伯斯來告訴他這件事，感覺很沒道理。

既然明白希琳身陷危險之中，由伯斯本人出面解決就行了，這會比讓德魯西對抗那些魔物更要來得安全。

真要說起來，都知道希琳可能有生命危險了，伯斯自己為何不採取行動？德魯西百般苦思，卻仍得不出答案。目前，他所能做的，只有像這樣在一旁看顧希琳。

然而——敵人果然還是出現了。

「……絕對不能讓希琳殿下離開房間，明白了嗎？」

察覺到不尋常的氛圍後，德魯西這麼再三囑咐僕役，然後走出房間。

雙手各持一面盾牌的他，直直盯著被窗外月光照亮的走廊另一頭。

咕嚕嚕嚕嚕——四隻腳的魔獸伴隨著低吼聲現身。

強大而殘忍的威脅逼近眼前。

但德魯西卻輕輕一笑，他朝希琳的房間大門瞄了一眼。

「你保護得了我嗎……您以前時常這麼對我說呢。」

過去，面對遲鈍又跑不快的德魯西，希琳曾以調侃的語氣這麼質問他。

為了追上跟波吉一起奔跑玩耍的希琳，德魯西跑得上氣不接下氣。

不過，現在不一樣了。

「我可以胸有成竹地這麼說……我能保護您。我會做給您看。」

下一刻，三頭魔獸朝德魯西撲了過來。

他以兩面盾牌擋下魔獸的尖牙和利爪，將牠們彈飛。

接著，面對從三個不同方向撲來的魔獸，他冷靜地判斷先後順序，然後依序擊退牠們。

他揮舞盾牌，一個接一個重擊魔獸的腦袋。

被魔獸攻擊、將牠們打飛，再被攻擊、再將牠們打飛。

沒有離開希琳房間外頭半步的德魯西，就這樣將三頭魔獸玩弄在股掌之間。

我打得贏——德魯西鬥志滿滿地這麼想。

然而，這些魔獸也並非沒有智慧的生物。

要從正面衝過來了——德魯西這麼提高防備的時候，他的右腳突然感到一陣劇痛。

一頭從死角悄悄靠近他的魔獸，將尖牙刺進了他的腳。

「什麼！」

德魯西萬萬沒想到，這群魔獸竟然還懂得配合彼此的行動展開攻擊。

緊咬住德魯西右腳的魔獸，憑著一股蠻力開始甩頭。

德魯西壯碩的身軀被牠甩到半空中，重重撞上一旁的牆壁。

「嗚……啊！」

德魯西硬是逼著自己爬起來，他選擇暫時遺忘血流不止的右腳。

為了不讓魔獸們靠近希琳，德魯西繼續奮戰。換成是一般的士兵，想必早就被魔獸的猛攻消耗得筋疲力盡，但他卻已經擋下了幾十次這樣的攻擊。

只是，他的傷口也持續累積。

不只是右腳，他的背後、側腹和雙手都已經傷痕累累。

「不過……這些傢伙也是一樣的！」

自己也對魔獸造成不少傷害一事，德魯西很有自信。然而，若是演變成長期戰，情況恐怕對他不利。

所以，他決定由防轉攻。

「哼！」

他對全身使力，讓自己的肌肉膨脹，身上的盔甲也因此爆開來。

接著，德魯西朝著魔獸猛衝。

趁著這次突襲，他先解決了其中一頭魔獸——德魯西以拳頭重擊魔獸的頭部，粉碎了牠的頭蓋骨。

下一刻，另兩頭魔獸的尖牙同時朝他襲來。

「唔喔喔喔喔喔喔！」

德魯西無視在全身流竄的劇痛，將咬住腳的魔獸往上踢，再卯足力氣，往毫無防備的腹部狠狠揍了一拳——他的拳頭感受到魔獸內臟扭曲碎裂的觸感。

剩下最後一頭了。

他以雙手環抱咬住自己頸子的魔獸的頭。

然後使盡全力往後仰。

他在半空中跟魔物交換位置，讓後者的頭部直接撞上地面——德魯西的體重、以及魔獸自己的體重，全都在瞬間施加於魔獸的頭部，讓第三頭魔獸的頭骨徹底碎成片片。

「呼……呼……呼……還沒，還不能鬆懈……」

遍體鱗傷的德魯西再次站起來。

說不定還有魔獸躲在某處，準備伺機而動。

「我……還不能倒下……」

儘管想使力站穩腳步，但他的體力早已徹底耗盡。

「希琳……殿下……」

直到暈過去的前一刻，他仍掛記著希琳的安危。

再次睜開雙眼時，德魯西發現自己躺在一張床上。

「我……還活著？」

「你怎麼可能死掉呀？還有我在呢。」

德魯西反射性地朝嗓音傳來的方向望去。看到滿身大汗的希琳，他不禁慌張起來。

希琳精疲力盡的模樣，讓德魯西隨即明白是她以治癒魔法治好了自己。

「真……真是萬分抱歉！您這份恩情，屬下必定……」

德魯西連忙跳下床跪下，但希琳只是揮揮手要他別在意。

「沒關係啦……你有好好保護我對吧？」

看到希琳的微笑，德魯西感動到雙眼泛淚。

「不過……」

希琳嗓音裡的溫柔消失了。

「不能只讓你應戰，我也要戰鬥……和伯斯陛下爭戰。」

「希琳殿下？」

面對德魯西一臉困惑的反應，希琳仍不改她這個決定。

「我要……把戴達找回來！」

語畢，希琳隨即邁開步伐。

德魯西拖著仍隱隱作痛的身軀追了上去。

「希琳殿下，請您等等！現在還無法斷言想對您下手的人就是伯斯陛下！」

「可是，他的確跟這件事有什麼關聯！我要堂堂正正地過去質問他！」

不肯退讓的希琳大步往前走。

她就這樣大剌剌闖進王座大廳。

希琳以犀利的眼神望向坐在王座上的伯斯。

「伯斯陛下！」

她無視其他人的制止，直接走到伯斯跟前。

伯斯則是以沒有任何情緒起伏的雙眼俯瞰這樣的希琳。

「伯斯陛下！您的目的究竟為何？」

相較於情緒激動的希琳，伯斯看起來心如止水。

「……不過是一些雞毛蒜皮之事。」

伯斯閉上雙眼這麼回答，彷彿完全沒把希琳的心急如焚當一回事。

「雞毛蒜皮之事？究竟是什麼樣的事情！讓您不惜占據戴達的身體，也要完成的事是什麼？占據我們孩子戴達的……」

希琳沒有停止追究。一心想拯救孩子的想法，督促她做出行動。

然而——

「是啊……確實是這樣啊。」

伯斯看起來依舊很平靜。

儘管奪走了親生兒子的肉體，儘管讓親生兒子犧牲。

伯斯的臉上仍沒有流露出一絲感情。

「您為什麼還能這麼冷靜呢！一副事不關己的態度！您已經死去了！現在馬上就把戴達還給我！」

希琳放任自己的情緒這麼吶喊。

「現在還來得及。請您……請您展現自身的榮耀給我們看！您身為國王……不對，更重要的是，您身為一名父親，難道都不會感到羞恥嗎？伯斯陛下！」

希琳全身顫抖地央求。

她再次朝附在戴達肉體上的伯斯靠近。

就在這時，一陣呼喚聲傳入她的耳中。

母后、母后……

那是希琳最想聽到的呼喚聲——她親生兒子戴達的聲音。

「您怎麼了嗎？」

德魯西露出不解的表情這麼問，但此刻的希琳眼中完全沒有他。

「戴達！你在哪裡？戴達！戴達！」

希琳努力豎耳傾聽，但兒子的嗓音卻愈變愈小、愈來愈遙遠。

她拚命尋找戴達的聲音來源。

她不停尋找幾乎已經聽不到的兒子的聲音。

最後——希琳發現那是從伯斯的體內傳來。

「戴達！你在裡頭對吧！母后在這裡喲！」

希琳像是忘了伯斯的存在那樣，對著戴達的肉體高聲呼喚。

她的腦袋現在只想著親生兒子的事。

「你平安無事嗎？戴達！不要緊！母后一定會把你救出來！」

明白戴達的所在處之後，希琳轉頭望向德魯西。

「德魯西！戴達就在這裡！他在向我求救！得幫助他才行！你還愣在那裡做什麼！戴達就在這裡呀！你有聽到他的聲音吧！」

「希琳殿下……屬下什麼都沒聽到呢……」

不只是德魯西。

伯斯和在場的其他士兵，都對希琳投以異樣的眼光。

希琳這才明白，那個嗓音只有自己聽得到。

「……唔嗚嗚嗚！」

希琳一把掀起自己的裙子，抽出藏在裡頭的護身用短劍。

眼睛瞪得老大的她，此刻已經完全失去理智。

她對著戴達揮下手中的短劍，這一切都是為了拯救困在這個身體裡頭的真正的他。

然而，劍尖沒能碰觸到戴達的身體。德魯西朝希琳身後靠近，然後一把架住她。

「為什麼要阻止我？戴達就在這裡呢！」

「可是，這同時也是戴達陛下的身體。」

聽到德魯西以冷靜口吻道出的事實，希琳終於恢復理智。

現在，她才理解自己前一刻打算做什麼。

「怎麼……可是，戴達他……戴達他就在這裡啊！」

她想拯救戴達，卻無能為力，他明明近在咫尺，卻怎麼也無法觸及。

在這種毫無道理可言的狀況下，束手無策的感覺折磨著她的心。

「……非常抱歉，希琳殿下。」

德魯西以手刀劈向暴動的希琳的頸子。

她像是絲線被剪斷的提線木偶那樣，瞬間變得一動也不動。

王座大廳終於恢復了原本的寂靜。

「……德魯西。」

德魯西將希琳抱起來時，伯斯開口呼喚他。

「希琳暫時應該不會再遭到攻擊，但……下次她百分之百會被殺死。」

還有下次嗎——德魯西不禁狠狠咬牙。

「倘若她不想死，就離這個國家遠一點吧，然後……靜待時機。」

伯斯究竟是想殺死希琳，還是想拯救她？

無法釐清這點，讓德魯西相當不甘。

「……等時機到了，會變得如何呢？」

所以，他至少想弄明白。

雖然不知道伯斯打算拿希琳怎麼辦，不過，前方想必有著他一心渴望的某樣東西。

而這個「某樣東西」究竟是——

「……我也只是將自身交付給命運的洪流罷了。」

然而，德魯西內心的微小期待，終究還是沒能傳達給伯斯。

—•—•—•—•—•—•—•—•—•—•—•—

逃過死刑的多瑪斯和霍庫洛，此刻來到位於王城地底的一個洞窟。

免除兩人的刑責後，伯斯在多瑪斯的耳畔這麼交代——『去把位於王城地底的冥府入口破壞掉』。

儘管不明白伯斯真正的用意為何，但既然被他救了一命，兩人就無法忽略這個命令。

為波吉還活著的情報短暫開心過後，兩人隨即動身前往地底。

「不過，為什麼冥府的入口會在王城下方……？」

「不知道……但我也覺得事情不單純。」

「話說回來，您說伯斯陛下目前占據了戴達陛下的身體，可是……這種事情真的有可能發生嗎？」

「不知道，別問我啦。我只知道那不是戴達陛下……這點絕不會有錯。」

自己曾跟他交手過，所以能夠明白——多瑪斯只能這麼回答。

「多瑪斯大人，請容我把醜話說在前頭。我並沒有原諒您之前對波吉殿下的所作所為。」

霍庫洛這麼告誡。

「不過，就算我當下在場，恐怕也無力阻止。這是不爭的事實……我必須變強才行。」

所以，我才會繼續追隨你——霍庫洛表示。

為了變得像多瑪斯一樣強，霍庫洛待在他身邊觀摩他的劍法，同時努力學習。

看著這樣的他，多瑪斯的表情變得柔和了一些。

「……我也很感謝你啊，霍庫洛。」

「這是什麼意思？」

「託你的福，我才能想起自己的初衷。雖然我無臉再次出現在波吉殿下面前，但……這種事現在並不重要。總之，我們專注在自己目前該做的事情上吧。」

「是！」

稍微解開了心結的兩人，再次往深邃的地底前進。

——・——・——・——・——・——・——・——・——・——・——

「……被擺了一道啊。」

德斯哈來到冥府王城的地牢。

他朝一片空蕩蕩的地牢內部一瞥，心有不甘地在囚犯用的床鋪上坐下。

「德斯哈陛下！非……非常抱歉！」

負責看守地牢的家臣驚慌失措地賠罪。

但德斯哈只是搖搖頭。

「不是你的責任，這是外部人士從中介入的後果。用的還是某種早已失傳的力量……」

德斯哈在瀰漫著些許屍臭的牢房裡重重嘆了一口氣。

「……話雖如此，要是讓那傢伙跑到地表世界，就是個大問題了。冥府騎士團團長歐肯……」

德斯哈的雙眼浮現幾分焦躁。

這是他絕不會在人前展現出來的表情。

「……叫隊長過來。」

為了不讓家臣看穿自己的心情，德斯哈盡可能以平靜的語氣這麼下令。

第六章．旅程與歸途

自己的國家正被捲入一場陰謀——得知這個事實的波吉，最後做出先回國一趟的結論。

經過德斯帕先生的特訓，波吉變強了。他已經不是過去那個什麼都做不到的王子。

想確認祖國目前發生了什麼事，是他做出的最終決定。

贊成這個決定的我，就這樣跟波吉一起迎來啟程之日。

「德斯帕先生，我們真的受到你很多照顧。光是言語，已經不足以表達對你的感謝了呢。」

「我這段期間也過得很開心喔。」

我和波吉做好出發的準備後，德斯帕先生親自為我們送別。

要和德斯帕先生分開，似乎也讓波吉有些不捨，但他還是努力比手畫腳，向德斯帕先生表達心中的感謝。

「啊嗚啊嗚！」

「不要緊，我們還會再見面的。」

德斯帕先生像是要鼓勵波吉那樣溫柔點點頭。

咦？他可以跟波吉溝通？

「噯，德斯帕先生，你是從什麼時候開始變得能了解波吉想說的話？」

除了我以外，德斯帕先生應該是第一個聽得懂波吉在說什麼的人。

「咦？」

德斯帕先生露出一臉意外的表情。

「我不知道他在說什麼啊，而且我也不懂手語。」

「是……是喔？可是你……」

之前在酒場跟流氓打起來時，你不是還跟波吉一起念什麼守則——

「噢，因為我每天都會要求波吉複誦相同的內容，所以能聽懂。當然，也只是好像聽得懂而已啦！」

語畢，德斯帕先生豪爽大笑。

我望向波吉，發現他沮喪地垂下頭。原本以為德斯帕先生聽得懂自己在說什麼，結果其實不是這麼一回事，也難怪他會這麼遺憾了。

「可是啊，波吉……」

德斯帕先生像是要勉勵波吉那樣再次開口。

「你對我表達的感謝，我全都接收到嘍。」

他的語氣聽起來彷彿是在鼓舞自己的孩子。

「跟你一起生活的這段時光，我沒有感受到任何不便。說不定，讓你在意得不得了的事情……其實正是你的長處喔。」

波吉一時沒能馬上理解這番話的意思，只是張著嘴愣在原地。

「因為這樣的缺陷，你經歷過許許多多一般人不曾經歷過的事。儘管是苦澀的回憶，但在開闢屬於自己的那條道路時，這想必能成為你的一大助力。」

說著，德斯帕先生將雙手放在波吉的肩頭，然後朝他微笑。

不要緊，你一定沒問題的。他反覆這麼對波吉說。

「所以，你也得愛自己的一切才行喔。」

波吉吸了吸鼻子，感覺像是在努力按捺即將溢出的某種情感。

我在一旁看著他們倆溫馨的這一幕。

回想起來，這段修行的時間並不長，但確實讓波吉和德斯帕先生建立起某種羈絆。

看在我眼中，那不只是師徒之間的情誼，而是將兩人內心最深的那一塊地方連結在一起的關係。

「……那麼，我們要走嘍，德斯帕先生！非常感謝你！」

「噎噎！」

在德斯帕先生的笑容目送下，我和波吉轉身離去。

好啦，出發——在我這麼轉換心情的下一刻。

地面突然開始微微震動，某個揚起漫天土塵的東西正在逼近這裡。

「是追兵？」

是想對波吉下手的傢伙嗎？我反射性地擺出備戰架勢，波吉也將手按上腰間那把細劍的劍柄。

最後，出現在我們面前的——是冥府騎士團的軍隊，而且不是只有五個或十個士兵，而是一支人數幾乎多到數不清的大軍。

（為什麼冥府騎士團要出動這麼多人？）

如果目標只有波吉一人，這未免也太大陣仗了，是有什麼其他目的嗎？

在我思考這些時，一名騎著戰馬的士兵緩緩朝我們靠近。

「波吉殿下，請您上馬。」

我對這個聲音有印象，是奉德斯哈之命和波吉交手的隊長。

「咦？什麼？這是怎麼一回事？」

看到我不解的反應，德斯帕先生開口。

「……其實，先前有幾名囚犯從冥府逃獄，他們現在似乎潛藏在伯斯王國。」

「呃？冥府的囚犯？」

那些傢伙為什麼要跑到波吉的祖國去？此外，德斯帕先生又為什麼知道這件事？

儘管我跟波吉一頭霧水，德斯帕先生和隊長似乎都沒打算多做詳細說明。

「他們正要前去逮捕那些囚犯，你們就跟著一起回去吧。」

「請上馬吧！我們得加快腳步才行！」

德斯帕先生和隊長只是催促我們趕快行動。

「……我知道了。」

我們也隨即做出判斷。

將波吉祖國捲入的那個陰謀——這想必也是其中的一環。

「好，出發吧！」

「啊嗚！」

波吉跳上隊長的戰馬，我則是和其他士兵共乘一匹馬。

「那我們走嘍，德斯帕先生！」

「好的……願幸運常伴你們左右。」

德斯帕先生揮手送我們離去。

冥府騎士團的大軍以風馳電掣之勢前進。當初，我和波吉花了好幾天的時間，才終於徒步抵達冥府之國；現在，軍隊正在那條來時路上，以比我們快好幾倍的速度衝刺。

「波吉！看樣子，我們會比想像中更快抵達你的國家喔！」

我朝騎在隊長戰馬上的波吉這麼吶喊，波吉也以認真的表情向我點點頭。

「噯，隊長！逃走的囚犯是些什麼樣的人？」

這個嘛……淨是一些很難對付的傢伙。

隊長以嚴肅的語氣開口。

殺手布萊克和瑞德、巨漢基剛、山賊頭子揍克、沒落王族金古柏，以及——

「以及……冥府劍王歐肯，他們都是實力強到嚇人的傢伙。」

提及最後那個歐肯的名字時，隊長的嗓音微微顫抖著。

是因為那個傢伙特別不妙嗎？

「這些囚犯為什麼要跑到波吉的國家去？」

「唔，問題就在這裡。有人從中牽線，指示這些囚犯行動。」

「從中牽線……」

「我們還不清楚對方的目的，是要顛覆、或是奪取整個國家……有很多種可能性。」

「這樣啊……」

感覺情況仍然相當不明朗呢。

不過，我還是把從隊長那裡得來的情報轉達給波吉。

「喔喔喔！啊喔嗚喔啊喔！」

結果波吉突然探出上半身嚷嚷起來。

「波吉殿下怎麼說？」

「……他在問王妃是不是平安無事。」

我把波吉想表達的意思告訴隊長。

隊長先是語塞，接著有些勉強地開口。

「……非常抱歉，這點我們也無從確認。」

「是嗎……」

我把隊長的回應傳達給波吉。

波吉的臉色一下子變得蒼白。

「不要緊的啦，波吉！用德斯帕奧義打敗那些傢伙就行了！」

為了不讓波吉陷入負面情緒之中，我盡可能試著鼓舞他。

一旦開始往壞的方向鑽牛角尖，就會沒完沒了呢。就算很勉強，我也必須讓他打起精神來。

波吉或許也察覺到我的心意了，他不再露出悲傷的表情。

「隊長，加快速度吧！」

「嗯，要衝嘍！」

就這樣，我們跟冥府騎士團一起加速朝著波吉的祖國前行。

中場休息．各自的動機

危機正朝伯斯王國逼近。

想收拾現況的人、想利用現況的人——眾人紛紛為了不同的目的而採取行動。

有人趁著伯斯王國陷入混亂，指派麾下的騎士團前去奪取這個國家。

有人為了完成自己的使命，前往破壞冥府的入口。

有人即使無法確認親生骨肉的生死，也堅持一定要將孩子平安救回，並決定為了靜待時機到來而暫時離國。

然而——

—•—•—•—•—•—•—•—•—•—•—•—

為了保命而一度離開伯斯王國的希琳——此刻，又再次朝這個王國前進。

一切都是為了拯救被伯斯占據了肉體的戴達。

她在德魯西和四名騎士的守護下前進。

「……情況似乎不太對勁。」

就快抵達王國時，德魯西這麼開口。

他的視線落在一群伯斯王國的士兵身上，這些手持武器的士兵，看起來似乎是從王國裡頭逃出來。

「喂，發生什麼事了！」

德魯西詢問一名和他擦肩而過的士兵。

「德魯西大人……」

發現朝自己搭話的人是四天王之一後，士兵吃驚地抬起頭。

然後戰戰兢兢地解釋事情的來龍去脈。

「王城裡突然出現六名男子，伯斯陛下被他們抓起來了……」

「被抓起來？你說伯斯陛下？」

德魯西幾乎要懷疑自己的耳朵。

「那些傢伙是什麼人？」

「屬下也不知道……」

看來無法從這名士兵口中打聽到更多情報了。

「跟上來！」

跨坐在戰馬上的希琳快馬加鞭進入城內。

德魯西和四名騎士連忙追上去。

最後，希琳抵達了王城外頭。

像是在等待他們大駕光臨的魔鏡，以及捧著它的阿庇司，在城牆上方靜靜俯瞰著這一切。

國家圖書館出版品預行編目資料

國王排名 . 前篇 / 十日草輔原作 ; 八奈川景晶小說改作 ; 許婷婷譯 . -- 一版 . -- 臺北市 : 臺灣角川股份有限公司 , 2023.03

面 ; 公分

譯自 : 小説王様ランキング . 前編

ISBN 978-626-352-351-7(平裝)

861.57 112000284

輕文學
Light Literature

國王排名　前篇
原著名＊小説　王様ランキング　前編

漫畫原作＊十日草輔
小說改作＊八奈川景晶
譯　　者＊許婷婷

2023年3月31日　一版第1刷發行

發 行 人＊岩崎剛人
總　　監＊呂慧君
總 編 輯＊蔡佩芬
主　　編＊李維莉
美術設計＊李曼庭
印　　務＊李明修（主任）、張加恩（主任）、張凱棋

台灣角川

發 行 所＊台灣角川股份有限公司
地　　址＊104台北市中山區松江路223號3樓
電　　話＊（02）2515-3000
傳　　真＊（02）2515-0033
網　　址＊http://www.kadokawa.com.tw
劃撥帳戶＊台灣角川股份有限公司
劃撥帳號＊19487412
法律顧問＊有澤法律事務所
製　　版＊尚騰印刷事業有限公司
I S B N＊978-626-352-351-7